눈매 新무협 판타지 소설

FANTASTIC ORIENTAL HEROES

신필천하 4

눈매 新무협 판타지 소설

초판 1쇄 찍은 날 § 2011년 10월 26일
초판 1쇄 펴낸 날 § 2011년 11월 1일

지은이 § 눈매
펴낸이 § 서경석

편집부장 § 권태완
편집책임 § 주소영

펴낸곳 § 도서출판 청어람
등록번호 § 제1081-1-89호
등록일자 § 1999. 5. 31
어람번호 § 제2-2168호

주소 § 경기도 부천시 원미구 심곡2동 163-2 서경B/D 3F (우) 420-822
전화 § 032-656-4452팩스 § 032-656-4453
http://www.chungeoram.com
E-mail § chungeoram@chungeoram.com

ISBN 978-89-251-2662-3 04810
ISBN 978-89-251-2600-5 (세트)

신필천하

FANTASTIC ORIENTAL HEROES

눈매 新무협 판타지 소설

4

학립관주

도서출판 청어람

目次

第一章

칠절매화검(七絶梅花劍)

진양은 도무지 믿을 수가 없었다. 그가 흔들리는 눈동자로 바라보자 풍천익이 보일 듯 말 듯 웃음을 지었다.

"오랜만이구나."

"풍… 각주님."

"오냐, 안 본 사이 장성했구나. 훌륭하다."

여전히 딱딱한 어조에 간결한 말투였지만, 옛정이 고스란히 묻어나는 것을 느낄 수 있었다.

진양은 그의 목소리를 듣자 마치 시간을 거슬러 이 년 전으로 돌아가는 듯했다.

그때의 자신은 얼마나 모르는 것이 많았던가.

'그렇다. 이분은 그런 내게 살 기회를 주신 분이다. 이분이 정말로 그런 짓을 했든 안 했든 그게 무슨 상관인가? 나는 전심전력으로 이분을 도울 뿐이다.'

생각을 굳힌 진양은 곧 포권을 취하며 정식으로 인사를 올렸다.

"불초 양진양이 풍 각주 어르신을 다시 뵙습니다. 그간 안녕하셨는지요?"

"클클클. 보다시피 썩 안녕하진 못하다. 하지만 네놈의 태도가 나를 기분 좋게 하는구나. 암, 그래야지. 네놈이라면 '그게 정말이냐?' 는 멍청한 질문은 하지 않을 것이라 생각했지."

진양은 속으로 고개를 끄덕였다.

'풍 각주님이 저리 말씀하시는 것을 보니 이자들의 말은 사실이 아니다. 어떤 이유인지 모르겠지만 풍 각주님이 누명을 쓰고 계신 것이리라.'

그때 상황을 지켜보던 봉상탁이 버럭 소리쳤다.

"네놈은 우리가 보이지도 않는 게냐? 이제 네놈도 대답해라! 네놈 역시 냉 련주를 살해하는 데 동참한 것이냐?"

진양이 또랑또랑한 목소리로 대답했다.

"아닙니다. 전 냉 련주께서 돌아가신 줄도 모르고 있었습니다. 더불어 여기 계신 풍 각주 어르신도 거짓말을 하실 분은 아닙니다."

"뭐야? 그럼 정말 우리가 냉 련주를 죽였단 말이냐?"

그러자 뒤에 서 있던 풍천익이 이를 갈며 소리쳤다.

"내 두 눈으로 똑똑히 보고 이 두 귀로 분명히 들었다! 네놈들이 천의교와 손을 잡고 본 련을 위협하는 것이 아닌가?"

"닥쳐라! 우린 천의교가 뭐하는 잡놈들인지도 모른다! 들어본 적도 없는 놈들과 어찌 손을 잡는단 말이냐? 더구나 우리 정파는 네놈이 말한 것처럼 비열한 짓을 하지 않는다!"

"흥! 하긴 확실히 비열한 짓이긴 하지. 만약 세간에 소문이라도 난다면 화산파와 종남파는 고개도 들지 못할 테지! 하나 지금도 마찬가지 아닌가? 겨우 세 사람을 화산파와 종남파가 떼거지로 공격하고 있으니, 너희는 정파의 덕목을 내세울 자격도 없다!"

"뭣이? 그 요망한 주둥이를 찢어주겠다!"

봉상탁이 노발대발해서 소리쳤다.

그때 진양이 얼른 나서서 말했다.

"잠깐! 무엇이 어떻게 된 건지는 모르겠지만 말로 좋게 풀어보는 것이 어떻겠습니까? 여기에는 분명히 서로 간의 오해가 있는 듯합니다."

"네놈이 뭐라고 건방지게 나서는 것이냐? 만약 이 일에 관계가 없거든 썩 물러가고, 관계가 있다면 우리가 내릴 벌을 받으면 그만이다!"

진양은 이들의 태도로 볼 때 결코 물러날 뜻이 없다는 것을 깨달았다.

진양은 어쩔 수 없이 수호필을 고쳐 잡고 나섰다.

"정히 힘을 쓰셔야 한다면 저 또한 어쩔 수 없습니다. 전 이미 풍 각주 어르신으로부터 많은 은혜를 입은 몸입니다. 풍 각주 어르신을 해하시려거든 저를 먼저 꺾으시지요."

진양은 원래 순박하고 신중한 성격이었다.

하지만 이번에 세 가지의 신공을 익히게 되면서 그는 상당한 자신감을 얻게 됐다. 게다가 생명의 은인을 살리기 위한 싸움이었기에 망설일 이유가 없었다.

봉상탁이 코웃음을 쳤다.

"흥! 네놈이 우리를 상대할 수 있을 거라고 생각하느냐?"

"물론 선배님들이 한꺼번에 달려드신다면 힘들겠지요. 하지만 명문정파의 두 선배님이 그런 비열한 짓은 하지 않을 거라고 생각합니다. 어떤 분이든 제게 가르침을 내리시겠다면 저 역시 정당한 방법으로 배우겠습니다."

이쯤 되자 석군평과 봉상탁은 어이가 없어서 서로를 바라보았다.

새파랗게 어린 애송이가 대결을 하겠다니.

일대일의 정당한 대결에서는 이길 자신이 있다는 소린가?

석군평이 껄껄 웃으며 말했다.

"저 사람의 기개가 아주 대단합니다. 봉 장로님, 저자의 말대로 할 수밖에 없겠습니다."

"흥! 그럼 이 봉상탁이 한 수 가르침을 내리마!"

성질 급한 그가 성큼 한 걸음 내딛는데, 뒤에서 다른 사람의 목소리가 불쑥 들려왔다.

"봉 장로님, 제게 맡겨주십시오!"

무리에서 걸어나온 자는 몸집이 곰처럼 크고 혈색이 붉은 중년의 사내였다. 그는 전신이 철갑을 두른 것처럼 단단한 근육질이었는데, 목소리가 동굴에서 울리는 것처럼 쩌렁쩌렁했다.

그의 허리춤엔 얇고 예리한 검이 매어 있었는데, 몸집과는 어쩐지 어울리지 않는 느낌이었다.

"어찌 닭 잡는 데 소 잡는 칼을 쓰겠습니까?"

그의 말에 봉상탁이 흐뭇한 미소를 지으며 고개를 끄덕였다.

"좋다. 대웅아, 저놈에게 확실히 한 수 가르쳐 주고 오너라!"

"예!"

사내는 굵직하고 단호한 목소리로 대답하더니 진양에게

다가가 멈춰 섰다.

한편 그를 본 사람들은 모두 이 싸움의 끝이 불을 보듯 빤하다고 생각했다.

엄대웅(嚴大熊), 그는 종남파의 이대제자 중에서 가장 뛰어난 실력을 가지고 있었다. 몸집은 곰처럼 거대하지만 몸놀림은 범처럼 날렵하다고 해서 혈웅비호(血熊飛虎)라는 별호를 가지고 있었다.

그런 그가 이름도 듣지 못한 애송이에게 패할 리가 있겠는가?

엄대웅이 양손을 모아 잡으며 예를 갖췄다.

"엄 아무개가 한 수 가르침을 받겠소."

"저야말로 잘 부탁드립니다."

형식적인 예를 갖춘 후 엄대웅은 검을 뽑아 들고 서서히 기수식을 취했다.

하지만 먼저 공격하지는 않았다. 무림의 선배로서 진양에게 선공의 기회를 주는 것이다.

진양은 수호필을 고쳐 쥐고는 천천히 걸음을 옆으로 옮겼다. 그러다가 순간적으로 몸을 날려 수호필을 휘둘러 갔다. 진양이 노린 곳은 가슴팍의 영태혈(靈台穴)이었다. 살랑거리던 붓털이 일시에 곤두서며 빳빳한 날을 만들었다.

엄대웅은 붓털이 이렇게 칼날처럼 곤두설 것이라고 상상

도 하지 못하고 있었기에 깜짝 놀라며 뒤로 물러났다. 진양은 그 틈에 몸을 반 바퀴 돌며 수호필을 가로로 후려 갔다. 그 순간 '쩡!' 하는 굉음이 울리며 두 사람의 몸이 두 장여 튕겨 나갔다.

상대를 내심 가볍게 여기고 있던 엄대웅은 등줄기에 식은 땀이 흐르는 것을 느꼈다.

'만만하게 볼 자가 아니었군!'

손아귀에 잡힌 검은 아직도 가늘게 떨고 있었다.

진양의 수호필과 마주친 순간 그는 매우 단단한 바윗덩어리를 후려친 느낌이었다.

아마도 내공이 두터운 자이리라.

"양 형의 무공은 놀랍구려!"

말을 내뱉는 것과 동시에 엄대웅이 범처럼 쏘아져 나갔다.

그의 검이 은빛 광채를 쏘아내며 무섭게 쇄도해 들어갔다. 진양은 얼른 바닥을 차며 뒤로 물러났다.

하지만 은빛 광채는 부드러운 곡선을 이어가더니 진양을 끈질기게 물고 늘어졌다. 그야말로 먹이를 놓치지 않는 한 마리 범과 같은 모습이었다.

그의 움직임이 몹시 빨랐기에 진양은 거듭 회피 동작만 취할 뿐 감히 반격할 수도 없었다.

종남파의 사람들이 갈채를 터뜨리며 환호했다.

하지만 그들 중 유일하게 웃지 않는 사람은 바로 봉상탁이었다. 그는 눈살을 슬며시 찌푸린 채 두 사람의 싸움을 지켜보았다.

엄대웅의 날렵한 움직임은 시종 진양을 사지로 몰아넣고 있었지만 진양은 마치 바람이 나뭇가지를 스치듯, 물줄기가 바위틈으로 흘러내리듯 잘도 빠져나가고 있었다.

그러나 겉으로 보기에 진양은 시종일관 위험하고 아슬아슬한 순간의 연속이었다.

그렇다고 이런 현상이 결코 엄대웅에게 좋은 것은 아니다.

그만큼 엄대웅은 지금 필살의 기회를 번번이 놓치면서 힘을 빼는 것이나 다름없었다.

'이대로 계속 싸우면 분명히 저 양 씨 녀석이 역공을 취할 것이다.'

모든 승패는 거기에 달려 있으리라.

허점은 상대가 공격을 해올 때 잘 드러나는 법이다. 만약 엄대웅이 그 틈을 놓치지 않고 잘 공략한다면 이길 수 있을 것이다.

시간이 지날수록 엄대웅의 검공은 힘이 실리고 날카로워졌다.

하지만 그만큼 반격의 기회도 점점 늘어나고 있었다.

"하앗!"

엄대웅이 기합성을 터뜨리며 다시 일검을 쏘아냈다. 진양은 몸을 비틀어 검을 옆으로 흘려냈다. 그 순간 다시 엄대웅이 이검을 찔러왔다.

그런데 진양은 피할 생각을 하지 않고 수호필을 단단히 말아 쥐었다.

이 모습을 놓치지 않은 봉상탁이 버럭 소리쳤다.

"조심해라!"

하지만 그가 소리칠 때는 이미 진양의 역공이 진행된 후였다.

쐐엑! 까앙!

수호필이 엄대웅의 검날을 쳐냈다.

하지만 대다수의 사람들은 수호필과 검날이 부딪치는 모습조차 볼 수 없었다. 수호필이 엄대웅의 쾌검보다도 빠르게 휘둘러진 것이다.

엄대웅이 뒤로 서너 걸음을 물러나며 중심을 잡으려는데, 순간 진양이 그의 품을 빠르게 파고들었다. 순식간에 진양은 엄대웅의 가슴 아래에 웅크리고 수호필을 끌어당겼다.

"앗!"

사람들이 저마다 외마디 비명을 터뜨렸다. 이대로 진양이 붓을 내찌르기만 하면 날카롭게 곤두선 붓털은 십중팔구 엄대웅의 목을 꿰뚫을 것이다.

엄대웅은 순간 몸을 뒤로 눕혔다.

사실 회피 동작이라고 보기에는 몹시 꼴사나운 모습이었다. 그는 그대로 엉덩방아를 찧듯이 바닥에 넘어진 것이다. 이어서 진양이 붓을 아래로 떨어뜨리자 엄대웅은 저항할 생각도 하지 못한 채 두 눈을 질끈 감아버렸다.

진양의 필봉이 엄대웅의 눈앞에서 멈췄다.

지켜보던 사람들 모두 마른침을 꿀꺽 삼키고 숨조차 내쉬지 않았다.

진양은 수호필을 거둔 다음 두어 걸음 물러났다.

그가 포권을 취하며 예를 갖췄다.

"후배의 사정을 봐주셔서 감사드립니다."

그제야 엄대웅도 주춤주춤 일어나 답례했다.

"양 형의 무공에 감탄하는 바이오. 내가 졌소."

엄대웅은 씁쓸한 표정으로 돌아섰다.

누가 봐도 분명한 승패였기에 종남파는 기가 한껏 죽을 수밖에 없었다.

그때 화산파의 무인 가운데 아리따운 목소리가 들려왔다.

"사부님, 제가 상대해 보겠습니다."

모두들 시선을 돌려 바라보니 화산옥봉이라고 불리는 여미령이었다.

진양은 그녀를 바로 알아볼 수가 있었다.

비록 아주 어릴 적에 우연히 한 번 만났을 뿐이지만, 천상련에서 갇혀 지내는 바람에 사람과의 인연 자체가 많지 않은 그였다.

때문에 진양은 화산파의 여미령을 똑똑히 기억하고 있었다. 여미령은 여전히 아름다웠는데, 수년 전과 비한다면 좀 더 성숙한 느낌이 들었다.

하지만 화산파의 장문인 석군평은 손을 들어 그녀를 제지했다.

"네가 함부로 나설 자리가 아니다. 종남파에서 다시 체면을 세울 수 있도록 배려하는 것이 마땅하지 않겠느냐?"

석군평은 봉상탁보다도 상황 파악이 빠르고 신중한 자였다.

그는 벌써부터 진양의 내력이 범상치 않다는 것을 알아보았다. 때문에 여미령이 나서게 되면 그녀 역시 패할 수 있다고 생각한 것이다.

상대의 전력을 완전히 알 수 없는 상황에서 일부러 위험을 감수할 필요가 없었다.

게다가 종남파에서는 이미 치욕을 맛보았기 때문에 성질 급한 봉상탁은 손이 근질근질할 터였다. 그들의 체면을 생각해서 배려한다고 말한다면 단순한 봉상탁은 그 말을 곧이곧대로 들을 것이 분명했다.

아니나 다를까, 봉상탁이 두 손을 맞잡아 흔들며 말했다.

"기회를 넘겨주셔서 고맙소, 석 장문!"

"별말씀을요. 좀 전에는 엄대웅이 실수를 해서 패했으나, 또 그럴 리가 있겠습니까? 종남파의 무서움을 저 어린 자에게 확실히 가르쳐 주십시오."

"물론이지!"

봉상탁은 팔을 걷어붙이며 저벅저벅 걸어갔다.

그가 진양을 노려보며 소리쳤다.

"본래 나는 풍 각주와 할 얘기가 있는 사람이었다. 한데 네 놈이 감히 건방지게도 길을 막아섰으니 앞으로 네게 일어날 책임을 내게 묻지는 말거라!"

사실 봉상탁은 무림에서 명망있는 고수였다. 그런 그가 이제 약관도 지나지 않았을 듯한 청년과 대결을 한다는 것은 무림에서도 썩 보기 좋은 모습이 아니었다.

때문에 그는 미리 언질을 함으로써 자신의 행위를 정당화시킨 것이다.

진양이 포권하며 말했다.

"후배가 먼저 가르침을 청한 것이니 마땅히 그럴 것입니다. 염려 마십시오."

"흥! 좋다! 그 배짱 하나는 인정해 주지!"

봉상탁은 검을 뽑아 들었다.

그가 내력을 끌어올리자 검신이 우웅 소리를 내며 떨었다. 주변 사람들조차 후끈한 열기를 느낄 수 있을 정도이니 그의 내공이 심후하다는 것은 두말할 필요도 없으리라.

봉상탁이 검을 대각선으로 들어 올리며 소리쳤다.

"와라!"

"그럼 실례하겠습니다!"

진양은 거침없이 수호필을 휘두르며 달려들었다. 그와 동시에 봉상탁의 발이 어지럽게 움직였다. 그 보법의 변화가 몹시 신묘해서 마치 귀신의 몸놀림을 보는 듯했다. 어떤 때는 상체와 하체가 반대 방향으로 뒤틀린 듯했고, 어느 순간에는 관절이 비정상적으로 꺾여 보이기도 했다.

하지만 이는 어디까지나 착시현상에 지나지 않았다. 그만큼 봉상탁의 보법이 특이하면서도 능숙했기 때문에 나타나는 현상이었다.

진양은 추호의 방심도 없이 온 정신을 집중시켜 쾌도를 구사했다. 수호필의 붓털은 넓고 빳빳하게 곤두서서 도기마저 내뿜고 있었다.

봉상탁은 진양이 펼치는 무공이 도법이라는 것을 단박에 알아챌 수 있었다.

하지만 도법 중에서도 어떤 무공인지, 어느 종파의 무공인지 알 수가 없었다.

사실 진양이 구사하고 있는 도법은 바로 벽력섬광도였다.

천보십육검의 우두머리가 단번에 이를 알아볼 수 있었던 것도 벽력섬광도가 천보각에 소장되어 있기 때문이었다.

하지만 그런 사정을 알 리 없는 봉상탁으로서는 그저 진양의 도법이 생소하고 놀랍기만 했다.

"흥! 제법 재빠르기는 하다만, 도법으로 검법을 이길 수 있을 것 같으냐?"

봉상탁이 비웃음을 던지며 순간 검을 내찔러 왔다. 그의 검봉이 수호필의 붓대를 정확히 내찔렀다.

깡!

청명한 금속성이 울리며 진양의 수호필이 튕겨 나갔다.

하지만 봉상탁이 전해 받은 반탄된 기운도 만만치 않았다. 그는 진양의 내공이 이처럼 심후할 것이라고는 상상도 하지 못했던 터이다.

그러나 그는 노련한 무인답게 당황하지 않았다. 대신 더욱 내공을 끌어올려 천성패검(天星覇劍)을 펼쳐 나갔다. 천성패검은 종남파의 천성검을 더욱 심도있게 익힌 것이라고 볼 수 있는데, 하늘의 별자리를 바탕으로 한 검법이었다.

천성패검의 특징은 무엇보다 검로 하나하나가 치밀하고 그 변화가 신묘하다는 것이다. 또한 힘과 빠르기가 완벽한 균형을 이루고 있기에 빈틈을 찾기란 쉽지 않은 검법이었다.

진양은 봉상탁의 갑작스런 반격에 화들짝 놀라며 뒤로 물러났다.

뒤미처 봉상탁이 쏜살같이 이검을 내찔러 왔다. 그리고 다시 삼검이 이어졌다. 하늘로 솟아올랐던 검봉이 느닷없이 떨어져 내릴 때마다 진양은 급히 물러서며 몸을 피하는 수밖에 없었다.

'과연 종남파의 고수구나. 검로 하나하나가 치밀하기 짝이 없다. 빈틈을 노리기에는 너무도 촘촘하다.'

진양은 좀처럼 반격할 기회를 찾지 못했다.

봉상탁이 코웃음을 쳤다.

"흥! 이제 네놈이 하늘 높은 줄 모르고 설쳤다는 것을 알겠느냐? 그딴 이름도 모를 도법이 우리 종남파의 천성패검을 이길 수 있을 것 같은가?"

봉상탁은 검에 대한 신뢰가 대단한 사람이었다. 때문에 비슷한 시간을 수련했을 때, 도를 쓰는 무인은 절대로 검을 쓰는 무인을 이길 수 없다고 단언하곤 했다.

하물며 이런 새파란 젊은이라면 오죽하랴.

만약 진양이 벽력섬광도를 익힌 지 오래되었고 도법 하나만을 갈고닦았다면 그 결과는 장담할 수 없었을 것이다. 그러나 진양은 이제 벽력섬광도를 익힌 지 하루가 지났을 뿐이다. 때문에 수십 년 동안 수련한 봉상탁의 천성패검을 좀처럼 꺾기 힘들었다.

반면 봉상탁 역시 큰소리치고는 있었지만 진양의 도법에 내심 감탄을 금할 수 없었다.

'이 도법이 무엇인지 참으로 궁금하군. 만약 이 녀석이 좀 더 나이가 들고 나면 이 도법으로 충분히 내게 맞설 수 있겠어.'

진양은 천성패검에 맞서 아주 가끔씩 반격을 시도했다.

하지만 늘 일회성으로 그치고 말았다.

연환식을 펼치려고만 하면, 어김없이 봉상탁의 검이 빈틈을 헤집으며 파고들었다.

그럼에도 봉상탁은 자신의 천성패검에 맞서 이처럼 반격을 시도한다는 것 자체가 놀라울 따름이었다.

시간이 흐를수록 봉상탁의 검공은 더욱 정교하고 세밀해져 갔다. 그의 검공만큼은 다급한 그의 성질과 무관한 듯했다.

진양은 연신 수호필로 방어를 펼치며 물러서기만을 반복했고, 점점 위기에 몰리기 시작했다.

'안 되겠다. 이대로 가면 봉 장로의 예봉을 피하기가 어렵겠다. 능파검을 시전해 보자.'

생각을 바꾼 진양은 돌연 몸을 수 장 밖으로 물린 다음 수호필을 고쳐 잡았다.

진양을 쫓아 몸을 날려오던 봉상탁이 눈살을 구겼다.

'검세로 바뀌었군.'

그의 예상대로 진양은 수호필을 곧장 찔러오며 검공을 펼치기 시작했다. 지금까지는 빛이 번쩍이듯 빠른 쾌검을 구사했다면, 이제 막 펼치기 시작한 검법은 유연한 움직임이 특징이었다.

하지만 봉상탁의 천성패검은 그런 유연함마저도 철저하게 봉쇄해 나갔다. 그의 검로는 마치 거미줄을 친 것처럼 촘촘하게 연결되어 있어 어떤 방위로 뻗어오는 검도 모두 흘려내거나 능히 막아내고 있었다.

진양은 수호필을 휘두르는 내내 안타까움을 금치 못했다.

'아쉽구나, 아쉬워. 내게 벽력섬광도와 능파검을 익힐 시간이 조금만 더 충분했어도 이 싸움이 이처럼 힘들진 않았을 것인데, 시간이 너무 없었다.'

어떤 무공이든 그 진의를 깨우치게 되면 대성하기가 쉽다. 그런 면에서 진양은 가장 어려운 부분을 수월하게 해냈다. 하지만 완전히 몸에 익히기에는 역시 시간이 부족했던 것이다.

지켜보던 종남파의 무인들이 일제히 박수를 터뜨리기 시작했다.

봉상탁은 서두르지 않았다.

마치 돌다리도 두들겨 보고 건너려는 듯 철저하고 세심하게 검로를 안배해 나갔다. 그러다가 진양이 완전한 위기에 몰리게 되자 그가 기합성을 터뜨렸다.

"하앗!"

뻗어나간 검이 그대로 진양의 가슴을 향했다.

물론 봉상탁의 검에 살기가 서려 있는 것은 아니었다. 그는 어디까지나 요혈을 찔러 진양이 더 이상 일어설 수 없게 만들 생각이었다.

진양은 다급하게 물러나며 수호필을 휘둘렀다. 하지만 봉상탁은 어느새 검을 거둔 후 이검을 찔러들어 왔다. 이제는 정말 막을 방도가 없었다.

이미 진양은 몸이 오른쪽으로 절반이나 뒤틀린 상태였고, 봉상탁의 검은 허리께의 의사혈(意舍穴)을 찔러 들어오고 있었다.

그런데 찰나, 진양의 머릿속을 스치는 생각이 있었다. 바로 칠절매화검의 마지막 절초인 암향부동화였다.

진양은 얼른 보법을 밟아 봉상탁의 왼쪽으로 파고들어 갔다. 순간 사람들이 비명을 터뜨렸다.

"앗!"

이는 진양이 찔러오는 검을 향해 스스로 몸을 던지는 행위나 마찬가지였다. 그의 돌발적인 행동에 누구보다 놀란 사람은 봉상탁이었다.

만약 자신이 진양을 죽여 버린다면 세간에 소문이 흉흉하게 나돌 것이 빤했다. 게다가 진양의 사문이 어찌 되는지도 모르는 상황에서 함부로 죽일 수도 없는 일이었다.

"이잇!"

봉상탁이 억지로 검을 비틀자, 쏘아져 나가던 검날이 진양의 어깻죽지를 찢으며 뻗었다.

순간 핏물이 튀어 올랐다.

하지만 목숨을 잃은 것도 아니고 요혈을 찔린 것도 아니니 진양으로서는 천만다행으로 위기를 넘긴 것이었다.

봉상탁이 버럭 소리쳤다.

"네놈이 죽기를 원하는 것인가?"

"봉 장로님이 사정을 봐주실 것이라 믿었습니다."

"흥! 이제는 그런 꼼수가 통하지 않을 것이다!"

상대의 계략에 이용당한 것이 화가 난 봉상탁은 정말 인정사정없이 검을 퍼붓기 시작했다.

진양은 다시 수호필을 휘두르며 그의 검을 막아갔다.

봉상탁은 그의 검세가 변했다는 사실을 눈치챘지만 신경 쓰지 않았다. 진양은 지금까지 몇 번이나 무공을 바꿔가며 사용했기 때문에 이번에도 그럴 것이라 여긴 것이다.

한데 이번에는 지켜보던 화산파의 장문 석군평이 눈을 날카롭게 떴다.

"저건?"

"왜 그러세요, 사부님?"

여미령이 물었다.

석군평은 이마에 주름을 잔뜩 잡으며 혼잣말처럼 중얼거렸다.

"설마… 그럴 리가 있는가? 아닐 것이야."

하지만 그의 눈빛은 그 어느 때보다도 날카롭게 빛나고 있었다.

진양을 다시 한 번 궁지로 몰아넣은 봉상탁이 이번에도 기합을 터뜨리며 검을 찔렀다.

찰나, 진양이 허리를 굽히며 수호필을 휘둘렀다. 갑자기 진양의 전신에서 뜨거운 기운이 사방으로 훅 퍼져 나갔다. 갑작스런 예기에 봉상탁은 등골이 서늘해지는 것을 느꼈다. 이어서 진양의 붓이 느닷없이 봉상탁의 요혈을 노리고 날아들었다.

"엇!"

봉상탁이 깜짝 놀라며 검을 휘둘렀다. 두어 걸음 물러난 그가 다시 반격을 하려고 했지만, 진양의 공격은 그것으로 끝이 아니었다.

부드럽게 이어진 진양의 공격은 바로 칠절매화검의 신산지화라는 초식이었다. 아름답게 이어지는 검세 속에서 날카로움이 숨어 있으니, 봉상탁은 선뜻 상대하기가 두려워 다시 뒷걸음을 칠 수밖에 없었다.

진양의 공세는 거기서도 멈추지 않았다.

곧바로 이어진 공격은 칠절매화검의 네 번째 초식인 매영난세였다. 진양의 수호필이 어지럽게 춤을 추듯 허공을 휘저었다.

보는 사람마다 저도 모르게 감탄을 터뜨렸다.

"정말 대단한 검법이다!"

"눈으로 보기도 힘들 지경이군!"

진양의 붓은 단지 쾌검으로 일관된 것이 아니었다. 그럼에도 그의 붓은 수십 개로 나뉘어 어지럽게 흔들렸다. 붓대에 빛이 번쩍번쩍 반사되고 바닥의 그림자가 정신없이 움직이니, 봉상탁은 그야말로 세상 전체가 어지러운 느낌이었다.

매영난세는 허초가 많은 검초다.

하지만 허초가 모두 실초와 구분하기가 힘들 만큼 예리해서 봉상탁은 보이는 대로 검을 휘둘러 막아낼 수밖에 없었다. 그럴 때마다 진양의 붓은 매섭게 날아와 봉상탁의 요혈 앞에서 멈추곤 했다.

차마 많은 사람들 앞에서 종남파의 수석장로를 창피하게 만들 수 없었던 것이다. 그랬다간 종남파와의 감정의 골만 더욱 깊어지리라. 이왕이면 봉상탁이 스스로 패배를 인정하고 순순히 물러나 주길 바랐다.

하지만 봉상탁은 끝내 인정하지 않았다.

이미 진양의 검법이 자신을 넘어섰다고 생각하면서도 어떻게든 상황을 역전시켜 보려고 안간힘을 썼다.

결국 진양은 매영난세 초식에 이어 다섯 번째 초식인 낙매여우를 펼쳤다. 그야말로 매화비가 쏟아져 내리듯 번쩍이는 검날이 붉은 강기를 머금고 마구 떨어져 내렸다.

낙매여우 초식은 검초의 특성상 위에서 아래로 떨어지는 검이 많았다.

봉상탁은 검을 들어 올려 떨어져 내리는 모든 검을 쳐냈다. 하지만 시간이 지날수록 스스로 빈틈이 생긴다는 것을 느낄 수밖에 없었다.

이제는 인정해야만 했다.

누가 보더라도 상황은 봉상탁에게 불리하게 흐르고 있었다.

'종남파의 명성이 나로 인해 꺾이게 생겼구나.'

봉상탁은 장탄식을 하며 검을 멈췄다.

사실 진양이 펼친 무공은 모두 비교가 불가능할 정도로 절세의 신공이었다. 다만 진양은 오래전 화산파의 제자들이 펼치는 무공을 본 적이 있었고, 실제로 칠절매화검을 필사한 것이 처음은 아니었다. 때문에 벽력섬광도나 능파검에 비해 상대적으로 익히기가 수월한 점이 있었던 것이다.

진양 역시 봉상탁이 검을 멈추는 것을 보고 손에서 힘을 거두었다.

그런데 그 순간, 화산파의 무리 중에서 누군가 바람처럼 달려왔다.

"어엇?"

사람들 모두가 깜짝 놀랐다.

진양 역시 움찔 떨면서 그를 바라보았는데, 바로 장문인 석군평이 아닌가?

명문정파의 장문인이 다른 사람의 정당한 싸움에 갑자기 끼어드는 것은 상상도 하지 못할 일이었다. 하물며 상대가 비슷한 항렬도 아닌, 새파랗게 어린 청년이라면 더욱 그러했다. 때문에 그의 기습은 지켜보던 사람들 중 누구도 예상하지 못한 일이었다.

그 순간 승천각의 각주인 송강이 불쑥 튀어나오며 소리쳤다.

"정당한 싸움에 기습을 하다니! 부끄러운 줄을 아시오!"

"시끄럽소!"

석군평이 다짜고짜 검을 휘두르더니 단숨에 송강을 쳐냈다.

송강은 천상련에서 세 손가락 안에 드는 고수다. 만약 같은

조건에서 석군평과 대적했다면 그야말로 용호상박을 이루었으리라.

하지만 그는 앞서 싸움을 치르면서 기운이 얼마 남지 않은 상태였다. 반면 석군평은 수적 우위에서 별로 힘을 들이지 않았으니 전신에 내공이 넘쳐 났다.

깡!

석군평의 검날을 송강이 아슬아슬하게 막아내긴 했지만, 대여섯 걸음이나 밀려나고 말았다. 그 틈을 타서 석군평은 곧장 진양에게 다가가 일검을 내찔렀다.

"노옴! 네가 쓰는 검법이 무엇이냐?"

진양은 미처 대답할 정신도 없어 얼른 수호필을 휘둘렀다.

쩌엉!

두 자루의 무기가 충돌하면서 어마어마한 소리가 터져 나갔다. 동시에 각각의 무기가 주인의 손에서 빠져나가고 말았다.

진양으로서는 너무나 갑작스런 공격이었고, 석군평으로서는 상대의 내력이 이처럼 강할 것이라는 걸 알지 못했던 탓이다.

석군평이 조금의 주저도 없이 양손을 내뻗어 장력을 발하자, 진양도 어쩔 수 없이 적수공권으로 상대할 수밖에 없었다.

쩌엉!

두 사람의 손바닥이 마주치면서 다시 한 번 커다란 소음이 터져 나왔다.

후끈한 기운이 사방으로 불어나가자, 주변의 사람들은 살갗이 따가울 지경이었다.

봉상탁은 갑자기 벌어진 일에 어안이 벙벙했다.

하지만 자신이 패배를 시인하기 전에 일어난 일이었기에 내심 다행이라는 생각도 들었다.

그때 여미령이 걱정 가득한 표정으로 외쳤다.

"사부님!"

그녀가 달려오려고 하자 봉상탁이 날카롭게 소리쳤다.

"오지 마라!"

여미령이 걸음을 우뚝 멈추고 봉상탁을 바라보다가 다시 석군평을 보았다. 그제야 그는 봉상탁이 왜 자신을 말렸는지 알 수가 있었다.

진양과 석군평은 서로 손바닥을 마주한 채 꼼짝도 하지 않았다. 석군평의 얼굴은 자하신공의 영향을 받아 노을빛처럼 붉게 물들어 있었다. 시간이 지날수록 그의 얼굴빛은 더욱 붉어졌고, 손바닥과 손목도 붉게 달아올랐다.

두 사람은 내공 대결을 하고 있는 것이다.

이럴 때 누군가가 자칫 건드리기라도 하면 커다란 부작용으로 이어질 확률이 매우 높았다. 이제는 어느 한 명이 내력에서 패하거나 동시에 물러나지 않는 이상 제삼자가 끼어들기도 힘들었다.

석군평이 진양을 무섭게 노려보며 말했다.

"네놈이 쓴 검법이 무엇이냐?"

진양이 속으로 감탄했다.

'내공 대결을 펼치는 중에 말을 저렇게 편안하게 건네다니, 과연 화산파의 장문인이구나!'

진양 역시 순간적으로 내기를 끌어올린 후 말을 뱉었다.

"칠절매화검입니다."

그의 말에 주변 사람들 모두가 '어엇!' 하며 소리쳤다. 여미령은 하마터면 들고 있던 검을 떨어뜨릴 뻔했다.

하지만 누구보다도 충격을 받은 사람은 바로 석군평이었다. 짐작을 하고 있었지만, 진양이 이처럼 담담하게 대답할 줄은 예상하지 못했던 것이다. 그 반응에 노기가 치밀어 오른 석군평은 순간적으로 집중력을 잃고 기가 흐트러지고 말았다.

호흡이 가빠지고 집중력을 잃자 진양의 무거운 힘줄기가 손바닥을 타고 전해져 왔다. 자양신공은 순식간에 석군평의 경맥을 따라 침투해서 심장까지 타격했다.

"쿨럭!"

그가 기침을 토하자 한 움큼 피가 쏟아져 나왔다.

"사부님!"

여미령이 다시 한 번 달려들 듯 움찔 떨며 소리쳤다.

석균평이 가까스로 호흡을 조절한 다음 내공을 끌어올렸다. 그가 혼신의 힘을 다해 자하신공을 끌어올리니, 진양으로서도 이제는 말 한마디 내뱉기 힘들 만큼 압박을 느끼고 있었다.

두 사람은 서로 아무 말도 나누지 않은 채 그렇게 돌처럼 굳었다. 주위의 사람들도 그저 마른침만 꿀꺽 삼키며 이들의 대결을 지켜볼 뿐이었다.

내공 싸움은 대략 반 시진이나 이어졌다.

이제 진양의 머리카락도 정전기로 인해 쭈뼛쭈뼛 서기 시작했고, 먼저 가벼운 내상을 입었던 석균평은 정수리에서 하얀 김이 모락모락 올라오기 시작했다.

그때 송강이 나서서 말했다.

"이럴 것이 아니라 어찌 된 영문인지 서로 대화를 해보는 것이 좋지 않겠소?"

봉상탁이 콧방귀를 꼈다.

"흥! 대화를 하면 뭐가 달라지겠소? 저놈이 제 입으로 말하지 않았소이까? 칠절매화검을 익혔다고!"

"하지만 이대로 두면 두 사람 모두 위험할 것이오. 더구나 화산파의 석 장문은 내상을 입고 시작하지 않았소?"

봉상탁의 표정이 슬쩍 어두워졌다.

송강의 말이 아주 틀린 것은 아니었다. 그는 직접 겨뤄보았기에 진양의 내공이 얼마나 순후한지 잘 알고 있다. 아마 이 상태로 시간이 흐르게 되면 석군평이 무사하긴 힘들 것이다. 물론 진양 역시 내상을 입게 되겠지만 그 피해는 석군평이 더 클 것이다.

화산파의 기세가 꺾인다면 함께 온 종남파로서도 좋을 것이 하등 없었다.

속셈을 끝낸 봉상탁이 석군평을 향해 물었다.

"석 장문, 어찌 됐든 이 녀석이 솔직한 대답을 했으니 연유나 먼저 알아보는 것이 어떻겠소?"

하지만 온 정신을 내공 대결에만 집중하고 있는 석군평은 입술도 벙긋할 수 없었다. 만약 입을 열면 그 순간 기가 흐트러지고 다시 또 내상을 입으리라. 이번에도 내상을 입게 되면 아까처럼 가벼운 경상으로 넘어가진 않을 것이다.

봉상탁이 다시 말했다.

"석 장문의 마음은 이해하오만 이놈에게도 일단은 살 기회를 주는 것이 어떻소? 이대로 이놈을 죽여 버리면 이 녀석이 어찌 칠절매화검을 익혔는지 영영 알 수 없을지도 모르잖소. 혹시 자비를 베풀 의향이 있으시거든 눈을 한 번 깜빡이시오."

그러자 석군평이 눈을 한 번 깜빡였다.

사실 이대로 내공 대결을 이어가면 위험한 것은 석군평이었지만, 봉상탁은 그의 체면을 세워주려고 일부러 돌려 말한 것이다.

송강도 이러한 사실을 모르는 것이 아니었기에 내심 비웃으면서도 겉으론 내색하지 않았다. 대신 진양을 향해 다감한 어투로 말했다.

"예전에 너를 본 적이 있다. 이렇게 다시 보니 반갑구나. 몰라볼 정도로 성장했구나. 석 장문께서 네게 아량을 베푼다고 하시니 너도 그만 공력을 거두는 것이 어떻겠느냐? 그러하겠다면 눈을 한 번 깜빡이거라."

진양이 눈을 깜빡였다.

이를 본 봉상탁이 고개를 끄덕이고 소리쳤다.

"좋소! 그럼 지금부터 셋을 세면 두 사람이 동시에 공력을 거두는 것이오. 만약 누구라도 이 자리에서 약속을 어기고 공력을 거두지 않는다면, 그 비열한 짓을 전 중원의 강호인들이 용납하지 않을 것이오. 하나, 두울, 셋!"

그 순간 진양과 석군평이 양손을 떼며 뒤로 훌쩍 물러났다.

두 장 정도 물러난 석군평은 바닥에 착지하면서 잠시 휘청거렸지만 곧 중심을 잡았다.

반면 진양은 지친 기색은 보여도 다리에 힘이 풀리진 않았다.

그제야 지켜보던 모든 사람들이 안도의 숨을 내쉬었다.

진양이 먼저 포권하며 말했다.

"장문 어르신의 공력에 감탄했습니다. 후배, 많은 것을 배웠습니다."

"가식적인 예는 집어치워라. 그보다 어떻게 우리 화산파의 칠절매화검을 익혔는지 들어보지. 그리고 그 비급은 지금 어디에 있는지도 궁금하군."

진양이 품에 손을 넣더니 책자 하나를 꺼냈다.

"칠절매화검입니다."

"뭣이?"

너무나 담담한 표정과 말투에 석균평이 눈썹을 구겼다. 주위 사람들 역시 멍한 표정으로 진양의 손에 들린 책자를 바라보았다.

진양이 성큼성큼 걸어가더니 석균평에게 책자를 두 손으로 건네주었다.

"받으십시오."

석균평은 믿기 힘든 표정으로 진양을 바라보았다.

지난 세월 화산파가 얼마나 되찾으려고 노력했던 무공 비서인가? 그런데 이처럼 간단하게 손에 들어오게 되자, 석균평은 오히려 의심이 들었다.

"무슨 수작인가?"

"사정을 말씀드리겠습니다."

"정녕 이것이 칠절매화검의 비서란 말이더냐?"

"틀림없습니다."

석군평의 손길이 가늘게 떨렸다.

그가 책장을 열어 안의 내용을 훑어보았다. 그의 눈동자가 심하게 동요했다.

"틀림없군. 칠절매화검이 분명하군."

그의 말에 화산파의 제자들은 대번에 밝은 표정으로 변했다.

그러나 그것도 잠시, 석군평의 날카로운 목소리가 이어졌다.

"하지만 이건 사본이다! 원본은 어디에 숨겼느냐?"

"원본은 없습니다."

"어째서 없단 말이냐?"

"원본은 천상련에서 불태워 버렸습니다."

"허튼소리! 그 말을 날 보고 믿으란 소리냐?"

그때 가만히 상황을 지켜보던 왕자헌이 불쑥 나서서 소리쳤다.

"저놈의 말을 믿지 마시오!"

第二章

일필득공(一筆得功)

"저놈은 한때 우리 천상련에서 무공서를 필사하던 놈이오. 그런데 어느 날 칠절매화검을 훔쳐 달아났지. 그리고 이번에도 또 다른 무공서를 노리고 천보각에 잠입했다가 그곳에 갇혀 있었소. 사실 우리는 진작부터 칠절매화검을 귀 파에 돌려 드리려 했으나 무공 비서를 보유하지 않았던 관계로 돌려 드릴 수가 없었소이다."

왕자헌은 거짓말과 진실을 적당히 섞어서 진양을 궁지로 몰았다.

그는 진양이 갑자기 나타났을 때부터 내심 놀랐다.

하지만 진양의 출현이 차후에 어떤 영향을 끼칠지 몰라서 함부로 나서지 않았다. 대신 상황을 좀 더 지켜보다가 때가 되면 나서려고 했는데, 지금 진양이 천상련을 들먹이니 더 이상 두고만 볼 수 없었던 것이다.

석군평이 진양을 노려보며 물었다.

"그 말이 사실이냐?"

"제가 사 년 동안 천보각에서 무공서를 필사했던 것은 사실입니다. 하지만 저는 칠절매화검을 훔쳐서 달아나지 않았습니다. 방금 드린 것을 보시면 알겠지만, 그것은 제가 예전에 필사한 것입니다. 천상련에서는 질 좋은 종이에 무공서를 필사한 다음 원본을 모두 불에 태웠습니다. 그리고 사본을 보관하고 있었지요. 또한 제가 천상련을 떠난 것은 살인멸구를 피하기 위해서였습니다. 결코 칠절매화검을 훔치기 위해서가 아니었습니다."

"그럼 너는 지금 왜 천상련에 있는 것이냐?"

진양이 그간의 사정을 얘기했다. 살인멸구를 피해 달아난 뒤에 금룡표국과 인연이 닿았고, 그들에게 받은 은혜를 대략이나마 설명했다. 그리고 곽연이 유설을 납치해서 그녀를 되찾기 위해 왔다는 사실까지.

하지만 완전히 진실만 이야기한 것은 아니다. 그는 왕자헌과 마찬가지로 적당히 거짓말을 둘러댔다.

"제가 유 낭자를 구하기 위해 이곳으로 왔을 때, 화산파와 종남파가 머물고 있다는 사실을 알았습니다. 하지만 저는 유 낭자를 먼저 구하는 것이 급했기 때문에 미처 인사를 드리지 못했지요. 유 낭자를 구한 저는 미처 천상련을 벗어나지 못하고 천보각에 갇혔지요. 그때 빠져나갈 생각을 하다가 마침 책장에 있는 칠절매화검을 발견했습니다. 그리고 칠절매화검을 가지고 나가서 석 장문께 넘겨 드리면 도움을 받을 수도 있지 않을까 생각했지요."

석군평이 들어보니 제법 그럴싸한 핑계였다.

하지만 그 순간 곽연이 나서서 소리쳤다.

"말도 안 되는 소리 하지 마라! 그렇다면 네놈이 어째서 칠절매화검을 익히고 있단 말이냐? 또한 네놈이 사용한 검법과 도법은 바로 능파검과 벽력섬광도다! 그건 어찌 설명할 테냐? 네놈이 천상련에서 비서를 훔쳐 달아나지 않고서야 어찌 하루아침에 절세의 신공들을 익혔단 말이냐?"

그 말에 석군평도 고개를 끄덕였다.

"확실히 그렇군. 나는 너의 말을 믿지 못하겠다!"

그때 지붕 위에서 낭랑한 목소리가 들리더니 한 여인의 그림자가 휘릭 날아왔다.

"양 소협은 거짓말을 한 게 아니에요! 거짓말은 지금 저들이 하고 있어요!"

그녀는 바로 유설이었다.

비록 며칠 동안 빛도 보지 못하고 끼니까지 굶어 다소 해쓱한 모습이었지만 본연의 아름다움은 여전했다. 화산파와 종남파의 제자 중 상당수가 얼굴마저 붉히며 그녀를 바라보고 있었다.

석군평이 그녀와 진양을 번갈아보다가 물었다.

"그대는?"

"인사가 늦어서 죄송합니다. 유설이라고 합니다."

"그럼 저자의 지적에 대해서는 어찌 대답을 하겠는가? 정말 칠절매화검을 하루아침에 익혔단 말인가?"

이번에도 유설이 나서서 대답했다.

"그는 특별한 능력을 가지고 있죠."

석군평이 눈썹을 슬쩍 구기며 바라보았다.

유설이 계속해서 말을 이었다.

"일필득도. 무엇이든 한 번 쓰면 그 진의를 깨우칠 수 있어요."

그러자 봉상탁이 버럭 역정을 부렸다.

"흥! 말도 안 된다! 내 두 눈으로 보기 전엔 믿을 수가 없다!"

유설이 그를 바라보더니 빙그레 웃었다.

"그럼 직접 두 눈으로 확인해 보시면 되지 않겠어요?"

"무슨 수로 확인을 한단 말이냐?"

"봉 장로께서 종남파의 고명한 무공 초식을 불러주시고 단 한 번만 시범을 보여주세요. 그럼 이 사람이 체득할 거예요."

이쯤 되자 왕자헌과 곽연은 서로를 바라보며 빙그레 웃었다. 이들 두 사람은 위기에 처한 진양과 유설이 말도 안 되는 억지를 부린다고 생각한 것이다. 이렇게 된 이상 두 사람은 그저 돌아가는 상황을 가만히 지켜보기로 했다.

한편 봉상탁은 화가 치밀어서 버럭 소리쳤다.

"그대는 지금 나를 놀리는 것인가? 감히 종남파의 고명한 무공 초식을 그저 한 줄 글귀만으로 체득할 수 있다고 생각하나? 어설픈 흉내도 내기 어려울 것이다!"

"그건 두고 보면 알겠죠."

"흥! 좋다, 그럼 어디 해보아라!"

말을 마친 봉상탁이 검을 뽑아 들더니 바닥에 글씨를 새기기 시작했다. 공력을 주입해서 순식간에 글씨를 새겨 나가니 굵은 필획에서 그 힘이 고스란히 느껴졌다.

사람들이 봉상탁의 수려한 글씨와 넘쳐 나는 힘을 보고 탄성을 터뜨렸다.

청풍불성(淸風拂星).

이는 천성검의 검초로, 별이 바람에 스치는 것을 뜻했다. 이처럼 눈으로 보기 힘든 현상을 본뜬 무공은 그 진의를 깨우치기에도 몹시 난해하기 때문에 단번에 검초를 제대로 펼치기란 매우 어려운 일이었다.

글을 모두 적은 봉상탁이 검을 대각선으로 들어 올리더니 순간적으로 쭉 내뻗었다. 화살처럼 빠르게 쏘아져 나간 검봉이 어느 순간 아지랑이처럼 흔들리더니 순식간에 허공을 훑어 내리듯 대각선으로 떨어졌다.

"와아!"

종남파의 제자들이 일제히 갈채를 터뜨리며 함성을 내질렀다.

단지 시범을 보이는 것만으로도 초식의 매서움이 나타났고, 훌륭한 검식이라는 것을 알 수 있었다.

봉상탁이 검을 집어넣으며 진양을 돌아보았다.

"자, 이제 익혀보아라!"

진양이 양손을 맞잡고 소리쳤다.

"선배님의 고명한 검식, 잘 보았습니다. 후배가 감사한 마음으로 익히겠습니다."

"흥!"

봉상탁은 냉랭한 표정으로 쏘아보기만 했다.

진양은 천천히 걸어나오더니 수호필을 들고 바닥에 글씨

를 새기기 시작했다. 그는 여느 때와 다름없이 제일 먼저 해서체로 글씨를 적었고, 그다음으로 행서체, 이어서 초서체로 적어갔다.

마지막 광초로 글씨를 새길 때쯤엔 주위에 몰려든 모든 무인들이 그저 넋을 놓고 진양의 필체를 바라볼 뿐이었다. 봉상탁 역시 매우 잘 쓴 글씨였지만, 진양의 글씨는 그에 비할 수 없을 만큼 빼어났다.

진양은 다시 한 번 글자를 쓰며 그 뜻을 되새겨 갔다.

'청풍불성 초식은 불(拂) 자에 가장 유념해야 한다. 이 초식의 핵심은 바로 여기에 있다. 불 자에는 그릇된[弗] 것을 떨쳐 낸다는[扌] 뜻도 있다. 그러니 검을 펼칠 때는 마치 사심을 떨쳐 내듯 검을 휘두르는 것이 중요하다. 하지만 이러한 초식은 무엇보다 그 심상이 매우 중요하다. 최대한 글자를 낱낱이 풀어 이해하지 않으면 진의를 깨우치기란 힘들 거야.'

진양이 글을 적는 동안 해는 서산에 걸쳐 노을이 지기 시작했다.

하지만 근처의 모든 사람들은 벌써부터 하늘에 뜬 별을 보았고, 맑은 바람이 부는 것을 느꼈다. 그리고 그 바람이 별을 스치는 것까지 온몸으로 느낄 수 있었다.

이윽고 진양이 수호필을 거두었다. 그리고 두어 걸음 물러난 후 봉상탁을 향해 예를 갖춰 말했다.

"그럼 후배가 감히 선배님 앞에서 검초를 펼쳐 보이겠습니다."

"그, 그러게."

이때쯤 봉상탁은 진양의 필력에 상당히 깊은 감명을 받은 터였다. 때문에 어느새 그의 말투는 전에 없이 부드러워졌다.

진양은 수호필을 고쳐 쥐고 기수식을 취했다. 다음 순간 그가 필봉을 날카롭게 찔러가더니 이내 아지랑이가 피어오르듯 필봉이 흩어지며 허공을 대각선으로 훑어 내렸다.

시범은 순식간에 끝났지만 그 여운은 길었다.

많은 사람들은 두 눈으로 보고도 믿기 힘들었다.

진양이 시종 담담한 표정으로 봉상탁을 돌아보며 물었다.

"후배가 불초하여 아직도 그 진의를 완전히 깨우치지는 못했습니다. 부족한 점을 지적해 주시고 한 번 더 기회를 주신다면 더 보완해서 펼쳐 보겠습니다."

그제야 봉상탁이 정신을 차리고는 진양을 보았다. 그러다가 자신도 모르게 뒤에 서 있는 종남파의 제자들을 힐끗 돌아보았다. 문득 진양의 재능과 종남파 제자들이 비교가 된 것이다.

그가 장탄식을 흘려내며 고개를 저었다.

"그럴 것 없네. 자네의 검초는 훌륭했네."

"과분한 칭찬입니다."

봉상탁이 석군평을 돌아보며 말했다.

"석 장문, 아무래도 그의 말이 사실인 듯싶소."

"그, 그런 것 같군요."

석군평 역시 진양의 수려한 필체와 믿을 수 없는 능력을 보고 나서 잠시 넋이 나가 있었다.

그는 칠절매화검에 관련된 그간의 사정이야 어떻든지 지금 눈앞에서 기적처럼 펼쳐진 이 현상을 어찌 받아들여야 할지 알 수 없었다.

이제 발등에 불이 떨어진 사람은 왕자헌과 곽연이었다. 두 사람은 진양이 정말로 이처럼 완벽하게 무공을 익힐 것이라곤 상상도 하지 못했다. 물론 세밀하게 따지자면 부족한 부분이 나타나겠지만, 처음 본 초식을 이렇듯 훌륭하게 펼쳐 내기란 매우 어려운 일이었다.

왕자헌이 한 걸음 나서서 소리쳤다.

"두 분께서는 어찌 그리 성급히 결론을 내리시오? 단 한 번의 시범으로는 그 진위를 확실히 판별하기는 힘들 것이오! 그를 다시 한 번 더 시험해 보시는 것이 어떻겠소이까?"

석군평과 봉상탁이 서로 눈빛을 교환했다.

사실 두 사람은 이미 마음속으로 진양의 능력을 인정하고 있었다. 그들은 진양이 글씨를 쓰는 순간부터 유설의 말이 사실일지도 모르겠다고 생각했다.

그만큼 진양의 필체는 각별했다. 단지 잘 쓰는 수준을 뛰어넘어 또 하나의 신공처럼 느껴질 정도였으니까.

하지만 신중해서 나쁠 것은 없으리라.

두 사람은 보일 듯 말 듯 고개를 끄덕이고는 다시 진양을 보았다.

석군평이 나서서 말했다.

"자네의 무공은 잘 보았네. 하지만 우리 역시 신중을 기해야 할 중대한 사항이니 이해하시게. 한 번 더 시험을 해도 좋겠나?"

그의 말투가 완전히 달라져 있었다.

하지만 주위 사람들 중 누구도 그것을 이상하게 여기지 않았다. 진양의 글씨가 모든 사람들을 감화시킨 것이다.

진양이 미소를 지으며 답했다.

"물론입니다. 그럼 한 번 더 가르침을 청하겠습니다."

"이해해 줘서 고맙군."

말을 마친 석군평은 검을 뽑아 들고 바닥에 글씨를 새기기 시작했다. 그 역시 순식간에 네 글자를 새겼는데, 내상을 입은 몸임에도 불구하고 바닥에 새겨진 글씨는 수려하고 선명했다.

도영매화(倒影梅花).

이는 바로 석군평이 독자적으로 창안한 검식이었다. 석군평이 달 밝은 밤에 연못가를 거닐다가 문득 떠오른 영감으로 지은 초식인데, 바로 연못에 거꾸로 비친 매화나무를 뜻하는 것이다.

글을 모두 적은 석군평은 진중한 표정으로 기수식을 취하더니 순간적으로 보법을 밟으며 검을 휘둘러 갔다. 날카롭게 뻗어나간 검날은 순식간에 노을빛을 베어내며 붉게 물들었다.

단 일 초에 지나지 않았지만 지켜보던 사람들은 저마다 탄성을 터뜨렸다.

특히 봉상탁은 입을 쩍 벌린 채 한동안 아무런 말도 하지 못했다.

그가 뒤늦게 석군평에게 다가가 찬탄했다

"과연 석 장문이시구려! 빈도가 석 장문의 능력에 감탄하오! 검세가 날카롭게 보이다가도 부드럽게 나아가고, 베는 동작인 듯하다가도 찌르는 동작으로 연결되는구려. 뿐만 아니라 기가 거두어지는 듯했으나 순간적으로 뿜어지니 이러한 검초를 당해낼 사람은 천하에 몇 되지 않을 것이오."

"봉 장로께서 과찬을 해주시니 몸 둘 바를 모르겠습니다."

"하하하! 과찬이라니! 더 칭찬을 해도 모자랄 지경이오!"

봉상탁은 파안대소하더니 진양을 돌아보고 부드럽게 물었다.

"자, 어떤가? 할 수 있겠나?"

"저 역시 장문 어르신의 훌륭한 검초에 마음 깊이 감복했습니다. 기회를 주신다면 감히 흉내를 내보겠습니다."

석군평이 고개를 끄덕이며 말했다.

"그럼 한번 해보시게. 이 검초는 지금껏 내가 다른 이에게 보인 적이 없지. 하니 자네가 이 검초를 펼쳐 보인다면 나는 그대를 더 이상 의심하지 않을 것이야."

"감사합니다."

진양이 고개를 숙여 보이고는 앞으로 몇 걸음 걸어나왔다. 그는 이전과 마찬가지로 처음에는 해서체로 글씨를 적었고, 이어서 행서와 초서를 거쳐 광초체까지 적었다.

역시나 수려한 필체였는데, 지켜보는 사람들 저마다 내심 감탄을 금할 길이 없었다.

이미 여기까지만 보아도 사람들은 진양이 틀림없이 초식을 훌륭하게 펼쳐 낼 것이라고 믿어 의심치 않았다. 그들은 모두 하나같은 생각이었다.

'초식의 참된 진의를 깨우치지 않고서야 어찌 저토록 수려한 글씨로 적을 수 있겠는가? 단지 수려하다는 말로는 다 표현을 못할 지경이구나.'

글씨를 여러 번 반복해서 적은 진양은 곧 수호필을 들어 기수식을 취했다.

석군평이 취한 자세와 똑같았다.

찰나, 진양이 빠르게 보법을 밟아가더니 수호필을 매섭게 휘둘렀다. 느린 듯 나아간 수호필은 어느 순간 빠르게 적의 의표를 찌르는 듯했고, 베어가는 듯 보였던 동작이 찌르는 동작으로 이어졌다. 뿐만 아니라 필봉이 찔러가는 위치조차 짐작하는 곳과는 정반대의 방향이었다.

단 한 번의 시범이 끝나자 사람들은 한동안 멍하니 서 있었다. 그러다가 누군가 박수를 치기 시작하자 마치 전염이라도 된 듯 주변 사람 모두가 갈채를 터뜨리기 시작했다.

진양은 수호필을 거둔 후 석군평에게 포권을 해 보이며 말했다.

"후배가 감히 흉내를 내려고 했으나 여러모로 부족했습니다. 많은 가르침 부탁드립니다."

석군평은 이번에도 잠시 넋을 놓고 있다가 가까스로 대답했다.

"이 짧은 시간에 그만큼 익힌 것만도 놀라운 일일세. 내가 자네를 의심했던 것 같군."

"의심을 거둬주신다니 감사합니다."

진양의 대답에 석군평은 봉상탁을 돌아보았다.

분명 화산파의 제자가 아닌 사람이 칠절매화검을 익혔다는 것은 꺼림칙한 일이다.

하지만 의도적으로 익힌 것도 아니고 목숨을 구하기 위해 어쩔 수 없이 익힌 것이 아닌가? 게다가 온갖 무공서가 보유된 천보각에서 칠절매화검을 익혀 탈출하려고 했다는 것은 그만큼 화산파의 무공이 강하다는 것을 방증하는 셈이 아닌가?

이렇게 되니 석군평으로서는 진양을 어찌 대해야 할지 애매한 마음이었다.

석군평이 진양을 다시 돌아보며 물었다.

"혹시 앞서 봉 장로님과 겨룰 때 사용한 무공은 무엇인지 말해줄 수 있겠는가? 그 도식과 검식 역시 매우 고명해 보이던데."

"그것 역시 이번에 천보각에 갇혀 있었을 때 익힌 것입니다. 하나는 벽력섬광도이고 다른 하나는 능파검이었습니다."

"벽력섬광도와 능파검!"

석군평과 봉상탁이 동시에 외쳤다.

봉상탁이 고개를 끄덕이며 중얼거렸다.

"어쩐지 예사롭지 않다고 했지. 거참, 부러운 재능일세. 부러운 재능이야."

석군평이 잠시 생각하다가 말했다.

"하나 자네는 화산파의 제자가 아닌데 칠절매화검을 익혔네. 이 부분에 대해서는 우리 화산파의 입장에서 볼 때 매우 유감스러운 일이라고 할 수밖에 없지. 해서 말인데… 어떤가? 이 기회에 화산파의 제자가 되지는 않겠는가?"

그의 갑작스런 제안에 주변이 술렁이기 시작했다.

석군평은 진양과 이야기를 나누면서 그의 인격과 재능에 깊이 탄복하고 있었다. 한데 칠절매화검도 익혔으니 이 기회에 화산파의 제자가 됐으면 하고 바랐던 것이다.

하지만 진양이 고개를 저었다.

"저를 거두어주시려는 마음 깊이 감사드리는 바입니다. 하지만 지금 제 처지가 복잡하여 확답을 드리기가 어렵습니다. 석 장문께서는 이해해 주셨으면 합니다."

그러자 봉상탁이 불쑥 끼어들어 물었다.

"그럼 종남파의 제자가 되는 것은 어떤가?"

진양이 빙그레 웃으며 말했다.

"역시 말씀은 감사합니다만, 지금으로서는 대답을 드리기가 곤란하군요."

"흐음, 그런가?"

봉상탁이 시큰둥한 표정으로 중얼거렸다.

석군평은 짧은 한숨을 내쉬고 말했다.

"그렇다면 할 수 없지. 양 소협이 살기 위해서 칠절매화검을 익혔다고 하는데다 그 칠절매화검의 비급을 우리 화산파에게 돌려주었으니 우리 역시 그대를 죽일 수는 없는 노릇. 다만 한 가지 약속을 해줘야겠네."

진양이 그 뜻을 알아채고 얼른 말했다.

"화산파의 칠절매화검은 그 누구에게도 말하지 않겠습니다. 또한 이제부터는 어느 누구 앞에서도 일초반식도 펼치지 않겠습니다."

"물론 칠절매화검을 다른 사람에게 알려주어서는 안 될 것이야. 하지만 이미 익힌 무공을 펼치지 말라는 말까지는 하지 않겠네. 그대의 무공은 이미 출신입화의 경지에 이르렀으니, 어디서든 칠절매화검의 무공이 필요하다면 쓰도록 하게나. 오히려 그편이 우리 화산파의 명예를 위해서도 좋은 일이 되겠지."

"그렇게 이해해 주신다니 장문 어르신의 넓은 아량에 몸 둘 바를 모르겠습니다. 정말 감사합니다."

사정이 이렇게 돌아가자 왕자헌과 곽연은 해쓱한 표정이 되고 말았다. 설마 하니 진양이 정말로 한 줄의 글귀만 적어 무공을 익혀 버릴 줄은 생각도 못한 것이다.

마침 봉상탁이 왕자헌과 곽연을 쏘아보며 힐책했다.

"칠절매화검을 천보각에 갇혔을 때 익혔다는 것은 증명됐소. 그 말은 곧 천상련에서 칠절매화검을 보유하고도 계속 내놓지 않았다는 것인데, 이건 이제 어찌 설명하시겠소?"

"그, 그런……."

왕자헌과 곽연은 말문이 막혀 낭패한 얼굴로 서로를 보았다.

결국 왕자헌은 자신이 한 거짓말 때문에 이제는 진실조차 제대로 증명해 보일 수 없게 된 셈이나 마찬가지였다. 그러다가 그는 문득 생각난 것이 있어 말했다.

"두 분은 어찌 그리 무르시오? 비록 저놈이 일필득도의 괴이한 능력을 가졌다곤 하나, 그것이 어째서 칠절매화검이 처음부터 천상련에 있었다는 증거가 될 수 있겠소? 뿐만 아니라 저놈은 지금 우리 련주님을 죽인 풍천익을 돕고 화산파와 종남파와 싸우지 않았소?"

그 말에 봉상탁이 진양을 돌아보며 말했다.

"그건 확실히 용납할 수 없는 행위다. 자네는 어째서 풍천익을 돕는 것인가?"

진양이 공손한 태도로 대답했다.

"그 부분에 대해서는 분명히 오해가 있을 겁니다. 먼저 각주 어르신은 절대로 거짓말을 하실 분이 아닙니다. 저는 사년 동안 각주 어르신을 가까이에서 지켜봤습니다."

"그럼 네놈은 정말로 우리가 냉 련주를 죽였다고 생각한단 말이냐?"

"두 선배님께 정말 죄송하지만 제가 풍 각주 어르신께 그간의 정황을 한 번 들어보아도 되겠습니까?"

"흥! 네놈이 무공에 재능이 좀 있다고 해서 이런 일에 함부로 끼어드는 것은 버르장머리가 없는 것이지! 썩 물러나라!"

그때 석군평이 손을 들어 봉상탁을 제지했다.

"잠깐. 지금까지의 과정이 몹시 이상한 것은 사실이지 않습니까? 우선 그의 의견도 한번 들어보는 것이 어떻겠습니까? 그 역시 며칠 전부터 이곳 천상련에 있었다고 하니 뭔가 실마리를 얻을 수 있을지도 모르지요."

봉상탁이 턱을 매만지며 생각하다가 고개를 끄덕였다.

"석 장문이 그리 생각하신다면 좋소. 한번 기다려 봅시다. 하지만 이 모든 것이 저 어린 녀석의 꼼수에 불과하다면 나는 참지 못할 거요."

"저 역시 그럴 것입니다. 양 소협, 자네는 우선 좋을 대로 하게. 대신 한 시진이 지나도 자네가 우리를 납득시키지 못한다면 우리는 풍 각주를 공격할 수밖에 없네. 그때 자네가 우리를 막는다면 우리도 그냥 넘어가진 않을 걸세."

"두 선배님께 다시 한 번 감사드립니다."

진양은 몸을 돌려 풍천익에게 다가갔다.

지금까지의 모든 상황을 지켜본 풍천익은 진양을 대견스럽게 바라보았다.

그가 흐뭇한 미소를 지으며 말했다.

"못 본 사이에 정말로 훌륭해졌구나. 글로 무공을 익히다니, 그야말로 네 녀석답구나."

"감사합니다, 어르신. 그나저나 이번 일은 어찌 된 것입니까? 왜 각주님이 이런 누명을 쓰게 된 겁니까?"

그러자 풍천익은 이맛살 가득 주름을 잡더니 화산파와 종남파를 향해 삿대질을 하며 욕을 퍼부었다.

"이게 다 저 빌어먹을 화산파와 종남파 때문이 아니겠느냐? 저 녀석들은 비열하기 짝이 없는 놈들이다!"

그러자 봉상탁이 버럭 열을 올리며 소리쳤다.

"닥쳐라! 어디서 헛소리냐? 아침에 냉 련주가 죽었을 때 네놈은 갇혀 있어야 할 감옥에서 나와 있지 않았더냐? 물론 부상을 입은 몸이었지만, 그건 틀림없이 냉 련주에게 당한 상처겠지!"

"흥! 말도 안 되는 소리! 내가 왜 련주님을 살해한단 말이냐?"

"그거야 나도 모르지! 네놈이 다른 죄수와 결탁하고 천상련을 독차지하려고 했을지도 모르는 일이고!"

"나는 오늘 련주님을 뵌 적도 없다!"

"거짓말하지 마라! 그렇다면 네놈이 갇혀 있던 감옥 문이 어찌 열려 있단 말이냐?"

"네놈들이 열어준 것이 아니냐?"

"쯧쯧! 완전히 정신이 돌아버린 모양이군. 우리는 칠절매화검을 찾으려고 왔는데, 왜 천중옥에 갇힌 네놈을 우리가 구해준단 말이냐?"

"흥! 칠절매화검은 그저 핑계였을 뿐이지! 네놈들은 천의교와 손을 잡고 우리 련주님을 살해하려는 것이 의도가 아니었느냐?"

"천의교? 천의교는 또 뭐지? 이제는 막 끌어다가 갖다 붙이는구나! 됐다, 됐어! 다 필요없다! 어이, 양씨 녀석! 이제 알겠지? 네가 도와주려는 저 풍천익은 이미 정신 나간 멍청이다! 개방귀 소리나 하고 있어! 그러니 썩 물러나라! 이제 우리가 저놈의 주둥이부터 베어내고 봐야겠다!"

결국 진양이 다시 한 번 나서서 말렸다.

"선배님, 잠시만 기다려 주십시오. 제가 다시 한 번 차근차근 사정을 여쭤보겠습니다."

"흥! 소용없대도!"

그때 석군평이 다시 슬그머니 나섰다.

"봉 장로님, 한번 두고 보지요."

"흐음. 칫! 내가 석 장문의 말이니 들어보겠소이다."

그가 식식거리며 물러나자 진양은 그제야 안도의 한숨을 내쉬고는 풍천익을 돌아보았다.

"각주님, 도대체 무슨 일이 있었던 겁니까? 제게 그 사정을 설명해 주시면 안 되겠습니까?"

"사정은 무슨 사정이냐? 너는 내 말을 못 믿는 게냐? 저 화산파와 종남파가 련주님을 죽였단 말이다. 네놈이 정녕 날 돕고자 한다면 저 두 놈의 목부터 베도록 해라."

진양은 잠시 당황했지만 곧 빙그레 웃으며 말했다.

"각주님, 오랜만에 뵈었는데 뵙자마자 제게 살인을 저지르게 하실 겁니까? 그러지 마시고 무슨 일이 있었는지 자초지종을 좀 얘기해 주십시오. 제가 정말 궁금해서 그럽니다."

풍천익은 잠시 진양을 바라보더니 장탄식을 내뱉으며 말문을 열었다.

"흐음. 네가 그리 궁금하다니 얘기해 주지. 나는 원래 천중옥에 갇혀 있었다. 그 이유는……."

풍천익이 목소리를 낮춰 진양에게 말했다.

"…칠절매화검을 잃어버렸기 때문이다."

진양이 깜짝 놀라 풍천익을 바라보았다.

풍천익이 피식 웃으며 속삭였다.

"말하지 않아도 안다. 하지만 나는 네놈 짓이라고 보고하지 않았다. 어쨌거나 확증이 없으니 말이다."

진양은 새삼 풍천익의 배려에 깊은 감동을 느꼈다. 결국 풍천익은 자신이 칠절매화검을 가져간 탓에 천중옥에 갇힌 것이 아닌가?

진양이 속삭여 물었다.

"그럼 제가 여길 떠나고 나서부터 천중옥에 갇힌 겁니까?"

"아니지. 근래에 화산파가 칠절매화검을 되찾겠다고 유독 천상련과 왕래가 잦았다. 련주님도 서서히 마음이 기울어서 결국 칠절매화검을 화산파에게 돌려주자는 쪽으로 결론이 내려졌다. 하지만 칠절매화검은 천상련이 보유하고 있지 않았다. 그때부터 내가 책임을 지고 천중옥에 갇히게 된 것이다."

"그랬군요. 괜히 저 때문에……."

"됐다. 원래 살아가면서 겪게 되는 모든 일은 자신 때문이다. 남의 탓을 하는 순간 고통이 더욱 커지는 법이지. 아무튼 나는 그 일로 천중옥에 갇히게 됐다."

천중옥은 천상련 뒤편 언덕의 깊은 동굴에 만들어진 뇌옥이다.

풍천익은 천중옥에 갇힌 뒤로 줄곧 내공 수련에만 몰두하며 심신을 안정시켰다.

그의 맞은편 뇌옥은 창살 대신 철문이 굳게 닫혀 있었고, 배식구만 아래에 자그맣게 나 있었다.

그곳은 바로 천의교의 위교사왕 중 한 명이 갇혀 있었다.

사실 천상련은 오래전부터 천의교의 은밀한 움직임을 파

악하고 그들을 예의 주시했다. 그러다가 파멸대에 의해 위교사왕 중 파천일왕인 마천강을 생포할 수 있었던 것이다.

그런데 오늘 새벽, 전혀 예기치 못한 일이 발생했다.

풍천익은 여느 때와 다름없이 정좌를 한 채 운기행공에 집중하고 있었다. 본래 천상련의 원수가 잡혀오면 운기행공조차 할 수 없도록 혈도를 점해 버리지만, 풍천익은 천상련 내에서도 인정받는 고수였기에 최소한의 예우로 혈도까지 제압하지는 않았던 것이다.

그가 막 기를 삼주천시키고 있을 때였다.

느닷없이 동혈 입구에서 답답한 비명이 터지는가 싶더니, 이내 털썩 쓰러지는 소리가 들렸다. 물론 이러한 소리는 범인이라면 아무리 귀를 기울여도 듣기 힘들 만큼 미약했다.

하지만 내공이 깊은 풍천익은 이러한 소리가 바로 옆에서 일어나는 일처럼 선명하게 들렸다. 그는 본능적으로 뭔가 잘못됐다는 것을 깨달았다.

지금껏 천중옥에서 이런 일이 일어난 적이 단 한 번도 없었다.

풍천익은 얼른 운기를 멈추고 쇠창살 가까이 다가갔다.

마침 동혈 안쪽을 지키는 간수 한 명이 의자에 앉은 채 꾸벅꾸벅 졸고 있었다.

풍천익이 그를 향해 새된 목소리로 나무랐다.

"네놈이 어찌 본연의 임무를 잊고 자리에 앉아 졸고 있단 말이냐?"

느닷없는 호통에 간수가 벌떡 일어나서 주위를 두리번거렸다. 그러다가 곧 풍천익의 목소리라는 것을 깨닫고는 고개를 조아렸다.

"죄송합니다, 풍 각주님."

아무리 지금은 천상련에서 죄를 지은 몸으로 갇혔다지만, 풍천익에 대한 련주와 무인들의 신임은 제법 깊었다. 때문에 간수는 그에게 고개까지 숙이며 몸 둘 바를 몰랐다.

"됐다. 지금 무슨 일이 생긴 모양이니 너는 동혈 입구로 가서 살펴보아라!"

"아, 알겠습니다!"

"조심해야 할 것이다."

"예, 명심하겠습니다!"

무인이 경직된 표정으로 허리춤에서 검을 뽑아 들었다.

풍천익은 천상련에서도 련주를 제외하면 세 손가락 안에 드는 고수다. 그런 그가 말했으니 거짓말이 아니라면 틀림없이 무슨 일이 생긴 것이리라.

그가 막 모퉁이를 돌아가려고 할 때였다.

쐐에엑! 서컥!

길이가 한 자 정도 되는 단도가 칼바람처럼 날아들더니, 이

내 간수의 목을 뎅겅 잘라내며 벽에 박혔다. 간수의 목은 그대로 바닥을 굴렀고, 머리를 잃은 몸뚱이는 피를 분수처럼 토해내며 '쿵!' 소리와 함께 넘어갔다.

지켜보던 풍천익조차 크게 놀라 입을 척 벌리고 눈을 부릅떴다.

벽에 박힌 단도는 아직도 그 힘을 느끼는 듯 부르르 떨고 있었다.

다음 순간 풍천익은 바닥에 철퍽 주저앉아 벽에 기댄 채로 눈을 감았다. 그리고 한껏 기를 죽이고 돌아가는 사태를 주시했다.

이윽고 모퉁이를 돌아 나온 사람은 비쩍 마르고 키가 큰 복면인과 청색 무복을 입은 복면인이었다. 청색 무복의 복면인은 걸음걸이라든지 몸의 굴곡으로 보아 여인임이 틀림없었다.

두 사람은 태연하게 걸어 들어왔다. 그중 복면의 여인이 벽에 박혀 있는 단도를 아무렇지도 않게 뽑아 들었다.

두 사람은 풍천익을 한 번 힐끗 보았지만 별로 신경 쓰지 않는 듯했다.

여인은 바닥에 목을 잃고 쓰러진 간수의 몸을 뒤적였다. 잠시 후 그녀가 열쇠 꾸러미를 꺼내 들며 말했다.

"열쇠를 찾았어요."

"좋아, 이리 주게."

여인의 목소리는 중년쯤으로 짐작됐고, 비쩍 마르고 키가 큰 복면인은 나이가 꽤 지긋한 노인인 듯했다.

여인이 열쇠를 건네자 노인이 철문 앞으로 다가갔다.

그가 열쇠를 바꿔가며 끼워 맞추자, 어느 순간 '철컥!' 소리와 함께 자물쇠가 열렸다. 그러는 동안 풍천익이 할 수 있는 것이라곤 그저 실눈을 뜬 채로 침입자의 행동을 가만히 지켜보는 것이 전부였다.

철문이 열리자 뇌옥에서 음산한 웃음소리가 흘러나왔다.

"크크크크."

걸걸한 웃음소리 뒤에 마천강의 굵직한 목소리가 이어졌다.

"기다리고 있었소."

그러자 노인이 뇌옥으로 들어가며 웃음기를 머금고 말했다.

"오랜만입니다, 파천일왕."

"후후, 미안하지만 내 혈도를 좀 풀어줘야 할 것 같은데……."

"그러지요."

뇌옥 안은 몹시 어두웠기 때문에 실눈을 뜨고 있는 풍천익의 시야에는 아무것도 보이지 않았다.

한편 복면의 여인은 뇌옥 입구에 서서 경계를 하며 대기하고 있었다.

잠시 후 마천강이 갇혀 있는 뇌옥에서 후끈한 열기와 함께 강한 기운이 퍼져 나왔다. 아마도 이제 막 들어간 노인이 마천강의 막힌 혈도를 뚫어주는 모양이었다.

시간이 흐를수록 풍천익은 마음이 초조해져 갔다.

'제미랄. 이거 보통 일이 아니군. 저놈들이 대체 누구지? 마천강을 구하러 왔다면 천의교 신도들인가?'

이때 풍천익은 화산파와 종남파가 천상련을 방문 중이라는 사실을 전혀 모르는 상태였다. 때문에 그는 그 두 문파를 안중에도 두고 있지 않았다.

그런데 마침 뇌옥에서 깜짝 놀랄 만한 말이 흘러나왔다.

"고맙소. 이제 좀 개운하군. 내 살아가면서 화산과 종남의 은혜를 입게 될 줄 몰랐소."

목소리의 주인은 틀림없이 마천강이었다. 이어서 노인의 대답이 들렸다.

"클클. 우리 화산과 종남은 이미 천의교와 뜻을 함께하기로 굳히지 않았습니까? 어려울 때는 서로 도와야지요."

"크크크, 좋소. 우리 천의교 역시 화산과 종남을 돕는 일이라면 무엇이든 하겠소."

"마음이 든든합니다. 클클."

그러고 나서도 마천강은 운기행공을 하며 몸의 기운을 끌어올리느라 한참 동안 앉아 있었다.

이윽고 두 사람이 뇌옥에서 걸어나왔다.

이제 풍천익도 더 이상 두고만 볼 수는 없었다. 결국 그가 눈을 부릅뜨며 벌떡 일어났다.

"서라! 네놈들이 감히 천상련의 죄인을 함부로 풀어주려고 하다니! 간이 부었구나!"

그러자 노인이 풍천익을 힐끔 보더니 킬킬거렸다.

"이럴 줄 알았지. 죽은 척하고 퍼져 있더니 전부 엿들은 모양이군."

"입을 막아야 해요."

여인이 검을 뽑아 들며 차갑게 말하자 노인도 고개를 끄덕였다.

"하긴 함부로 떠벌려서는 곤란하지."

풍천익이 코웃음 쳤다.

"흥! 네깟 녀석들이 본좌를 상대할 수 있을 것 같으냐?"

"거참, 시끄럽군. 이보게, 우리가 자네를 풀어주지. 그럼 서로 비긴 셈이 아닌가? 자네도 천상련에 어느 정도 원한이 있겠지? 서로 각자의 길을 가는 건 어떤가?"

"닥쳐라! 본좌는 천상련의 천보각주다! 화산파와 종남파가 어째서 천의교를 돕는 것이지?"

풍천익의 말에 복면의 노인이 침음을 흘리며 중얼거렸다.

"흐음. 역시 말이 안 통하는군. 게다가 너무 많은 걸 들었어. 쯧쯧."

그는 풍천익이 있는 곳으로 다가오더니 자물쇠를 열기 시작했다. 잠시 후 '철컥!' 소리가 나면서 쇠창살 문이 열렸다. 노인이 두어 걸음 물러서며 말했다.

"이리 나오시오. 이제 어쩌시겠소?"

"흥! 나를 풀어주다니, 정신이 나간 모양이군."

"우릴 막으시겠소?"

"당연한 소리!"

말을 마친 풍천익이 눈 깜짝할 사이에 몸을 날려 복면노인을 향해 쇄도했다. 그가 양손을 앞으로 쭉 뻗어내자 손바닥에 푸르스름한 기운이 맺혔다.

노인이 황급히 뒤로 물러나며 양손을 마주 뻗었다.

퍼펑!

두 사람의 쌍장이 부딪치면서 동혈 내에 폭음이 울렸다.

복면노인이 여유를 부리며 웃었다.

"클클, 좋은 장력이군."

하지만 풍천익은 일언반구도 없이 재차 몸을 날렸다. 그가 이번에는 왼손을 앞으로 불쑥 내밀어갔다. 복면노인이 몸을 빙글 돌리며 피하자, 이번에는 눈 깜빡할 사이에 풍천익의 오른손이 상대의 등을 향해 뻗어갔다. 처음 내뻗은 왼손은 바로 허초였던 것이다.

"훌륭하오!"

노인이 찬탄하면서 허리를 뒤로 한껏 젖혔다. 마른 장작 같은 노인의 몸이 활처럼 유연하게 휘어지며 풍천익의 오른손을 피했다. 뒤미처 노인은 오른 주먹을 곧게 찔러들어 왔다.

하지만 이 역시 풍천익에게 큰 위협은 주지 못했다.

사실 노인은 현재 지극히 제한된 무공을 펼치는 중이었다.

만약 풍천익이 조금만 여유를 가지고 상대의 무공을 차분히 살폈더라면 그 사실을 깨달았을 것이다. 그리고 이 모든 것이 사문을 숨기려는 목적이라는 것도 눈치챘으리라.

하지만 지금은 너무나 갑작스런 일이라 풍천익의 눈에도 그러한 것들이 보이지 않았다. 그저 이들이 화산파와 종남파의 무인이라고 확신할 뿐이었다.

풍천익이 연이어 뒷걸음질을 치며 다섯 보를 물러가자, 노인이 다시 훌쩍 물러섰다.

그때였다.

타다닷!

지금껏 복면노인에 가려져 보이지 않았던 마천강이 느닷없이 튀어나오며 풍천익의 복부에 일장을 날렸다. 풍천익은 노인만을 상대하면서 정신을 집중하고 있었는데, 갑자기 그가 나타나서 장력을 뻗어오자 미처 막아낼 방법이 없었다.

퍼억!

마천강의 일장은 그대로 풍천익의 복부에 꽂혔다.

"커헉!"

풍천익이 눈을 부릅뜨며 뒤로 비틀비틀 물러났다. 다리가 후들거려 제대로 서 있기가 힘들었다.

마천강이 누런 이를 드러내며 웃었다.

"방심하셨군, 풍 각주."

"비열한……."

"말을 아끼시오. 조금 있으면 오장육부가 가닥가닥 끊어질 듯 고통스러울 거요."

그의 말이 끝나자마자 마치 증명이라도 하듯 배가 끊어질 듯 아파왔다.

풍천익이 참지 못하고 비명을 터뜨렸다.

"아악!"

"단맥장(斷脈掌)이라는 것인데, 고통이 좀 오래갈 거요. 운이 나쁘면 죽을 수도 있고."

"노옴!"

풍천익이 내력을 한껏 끌어올리며 주먹을 뻗었다.

하지만 그 주먹은 반 자도 나아가지 못했다. 온몸을 갈기갈기 찢어버리는 듯한 고통이 뒤이어진 탓이다.

마천강이 고개를 저었다.

"안 되지. 내력을 갑자기 끌어올리면 더 힘들어지지."

그때 복면노인이 다시 나서며 말했다.

"시간이 없습니다. 가지요."

"그럽시다."

마천강이 고개를 끄덕이곤 몸을 돌리려는데, 여인이 성큼 나서더니 풍천익을 금방이라도 내려칠 듯 검을 치켜 올렸다.

그녀의 전신에서 무시무시한 살기가 뿜어져 나왔다.

그때 마천강이 손을 저으며 말했다.

"됐소. 그만해도 저자는 더 이상 말을 할 수 없소. 죽지 않는 게 다행이겠지. 그만 갑시다."

여인은 복면노인을 힐끗 보았다.

노인이 고개를 끄덕이니 그제야 그녀도 검을 거두고는 몸을 돌렸다.

세 사람은 순식간에 동혈을 빠져나갔다.

홀로 남은 풍천익은 정말 곧 죽을 사람처럼 안색이 새하얗게 질려 있었다. 그는 전신을 부들부들 떨며 안간힘을 다해 쇠창살이 있는 곳까지 기어갔다. 그 모습이 몹시 힘겹고 고통스러워 보여서 마치 죽은 자가 되살아나 기어가는 듯했다.

쇠창살에 가까스로 등을 기대고 자세를 잡은 풍천익은 숨을 거칠게 몰아쉬며 운기행공에 들어갔다.

'과연 단맥장이라는 것이 대단하긴 하군. 온몸이 찢어지는 느낌이다. 하지만 이대로 죽는다면 풍천익이 아니지. 네놈들은 이 어르신을 몰라도 너무 몰랐다!'

풍천익은 이를 악물며 천천히 기를 움직여 갔다.

第三章
위기는 바람처럼 지나가고

"이렇게 살아 계시니 천만다행입니다."

이야기를 모두 들은 진양이 안도의 숨을 내쉬며 말했다.

그러나 풍천익의 표정은 착잡했다.

"하지만 생각보다 운기하는 시간이 길어졌다. 겨우 몸을 다스리고 일어날 수 있었을 때는 이미 련주님이 돌아가신 후였다."

"그럼 풍 각주님은 바로 그 복면인들과 파천일왕의 소행이라고 생각하시는군요?"

"흥! 달리 생각할 여지가 있느냐?"

풍천익이 툭 쏘듯이 말했다.

그의 눈길은 멀찍이 떨어져 있는 화산파 장문 석군평과 종남파의 장로 봉상탁에게 향해 있었다.

봉상탁이 참지 못하고 버럭 소리쳤다.

"순 억지다! 억지야! 우리는 천의교가 뭐하는 놈들인지도 모른다! 게다가 우리는 오늘 아침까지 숙소를 떠난 자가 아무도 없다! 이건 분명히 천상련을 독차지하려는 저 풍씨 녀석이 꾸민 계략이야!"

진양은 가만히 생각에 잠겼다가 왕자헌과 곽연이 서 있는 쪽으로 시선을 돌렸다.

"그럼 천상련에서는 어찌 풍 각주님의 말씀을 믿지 않는 것이오?"

그러자 곽연이 냉랭한 어투로 대꾸했다.

"이들의 말대로 풍 각주의 말에는 미심쩍은 부분이 있다. 정말 화산파와 종남파가 천의교를 돕는 것이라면, 어째서 그를 죽이지 않고 살려두었겠는가? 또한 감옥에서 꺼내준 것도 수상하지 않은가?"

충분히 의심할 수 있는 부분이었다.

이는 진양이 이야기를 들었을 때도 가장 납득하기 어려운 부분이기도 했다.

하니 왕자헌과 곽연 역시 풍천익의 말을 곧이곧대로 듣지는 않았다.

그들의 생각은 이러했다.

풍천익은 남몰래 천의교와 손을 잡고 련주님을 죽였다. 그리고 천상련의 실권을 장악하기로 계획한 것이다. 하지만 련주님과 싸우면서 부상을 입은 풍천익은 천중옥으로 돌아와 오히려 적에게 당한 척 위장한 것이다.

이는 화산파와 종남파가 주장하는 것과도 동일했다.

하지만 천상련 내에서도 그런 왕자헌의 추측에 동의하는 자가 있는가 하면 반신반의하는 자도 있었다. 때문에 타격대와 암살대와 같은 대주 급 무인들은 이번 일에 대해서 관망하는 자세로 일관한 것이다.

사실 창천당주의 지위는 천상련에서 련주 다음으로 막강했다.

하지만 무공 실력으로 본다면 왕자헌은 천상련 내에서 그리 강한 인물이 아니었다. 때문에 그는 지금껏 남모르게 풍천익을 경계해 왔다. 풍천익으로 말할 것 같으면 무공도 고강했고 련 내의 많은 사람들로부터 신망이 두터운 자였다.

그런데 오늘과 같은 일이 벌어졌으니 어쩌면 창천당주 왕자헌으로서는 풍천익부터 의심을 하는 것이 자신의 지지기반을 확고히 다지는 순서이기도 했다.

한데 갑자기 진양이 나타났으니 이젠 그조차도 힘들게 생긴 셈이다.

그때 유설이 나서서 말했다.

"그런데 천상련은 언제 천의교의 파천일왕을 생포했던 거죠? 지난번 연회에 참여했을 때는 그런 이야기가 없지 않았던가요?"

"본 련이 굳이 그 자리에서 말할 필요성을 느끼지 못했을 뿐이오."

"말할 필요성을 느끼지 못했다뇨? 천의교는 무림 전체를 위협하는 조직이에요."

"하지만 본 련이 취득한 정보를 굳이 말해야 할 의무가 있는 것도 아니지."

상황이 복잡하게 흘러가자 봉상탁이 고개를 절레절레 흔들며 말했다.

"가만, 가만! 지금 도대체 무슨 소리들을 하는 거야? 천의교? 천의교가 뭐하는 곳이냐?"

진양이 대답했다.

"최근 천의교가 사악한 음모를 꾸며 강호를 위협하고 있습니다. 선배님께서는 모르고 계셨는지요?"

"천의교라는 조직은 처음 듣는군."

진양은 고개를 끄덕였다.

사실 화산파와 종남파는 일전에 있었던 금룡표국의 연회

에 불참했기 때문에 이러한 정보를 아직 모르고 있을 수도 있었다. 무엇보다 당시 화산파에게 있어서 가장 큰 관심사는 칠절매화검을 되찾는 것이었으니까.

이에 유설이 나서서 말문을 열었다.

"천의교는 일전에 금룡표국을 습격한 적이 있어요. 그들은 무슨 이유에서인지 정사대전을 일으키려고 했죠."

그녀는 금룡표국이 천의교에 대해서 어떻게 알게 되었는지 상세히 설명을 해주었다.

이야기를 모두 들은 화산파와 종남파의 무인들은 저마다 수군거리기 시작했다.

한편, 말을 모두 마친 유설이 석군평과 봉상탁을 향해 물었다.

"혹시 화산파와 종남파에서는 최근 이상한 일이 없었나요? 정체를 알 수 없는 자들이 습격을 했다거나, 수상한 자들이 접근을 했다거나."

석군평과 봉상탁 역시 서로를 바라보더니 뭔가 짚이는 구석이 있는지 돌연 무리를 향해 고개를 홱 돌렸다. 두 사람은 재빨리 자기 문파의 무인들을 샅샅이 훑어보았다.

다음 순간 두 사람의 머릿속에는 같은 생각이 떠올랐다.

'없다!'

둘은 약속이나 한 듯 서로를 바라보았다.

그러다가 문득 석군평이 한 걸음 나서서 무리를 향해 소리쳤다.

"정심방(正心幫)의 친구분들은 잠시 나와주시겠소?"

내력이 담긴 그의 목소리가 허공에 쩌렁쩌렁 울리자, 수군거리던 소리가 일제히 멈췄다.

하지만 누구 하나 무리에서 걸어나오는 자가 없었다. 석군평과 봉상탁은 또 한 번 눈길을 주고받았다. 그들의 안색이 점점 어두워지고 있었다.

뭔가 이상한 것을 눈치챈 진양이 한 걸음 나서며 물었다.

"두 선배님께서는 무슨 일이신지요?"

그러자 석군평이 무겁게 침음을 흘리며 대꾸했다.

"아무래도 우리가 실수한 것이 있나 보군."

"무슨 사유인지요?"

"우리 화산파는 칠절매화검을 되찾기 위해 갖은 노력을 기울여 왔네. 그런데 얼마 전이었지."

화산파는 되도록 평화적인 방법으로 칠절매화검을 되찾으려고 했다. 천상련의 규모와 힘은 정파에 비하면 소림사와 맞먹을 정도였기에 함부로 건드릴 수 있는 상대가 아니었던 것이다.

하지만 천상련은 좀처럼 비급을 내주지 않았다. 이에 속절

없이 세월만 보내고 있을 때, 어느 날 비쩍 마른 노인과 중년 사내가 찾아왔다. 그들은 자신들을 정심방에서 왔노라고 소개했다.

석군평은 정심방이 생긴 지 얼마 안 된 조직이라는 것을 대충이나마 알고 있었다. 그는 그들을 객당으로 안내하고 친절한 태도로 이야기를 들어주었다.

그들은 천상련에 원한이 있다는 뜻을 내비치며 화산파를 적극 돕겠다고 나섰다. 그리고 종남파와 정심방, 그리고 화산이 힘을 합하면 천상련도 어쩔 수 없이 칠절매화검을 내어줄 수밖에 없을 것이라고 설득했다.

그렇잖아도 천상련과 담판을 벌일 생각을 하고 있는 석군평으로서는 그들의 제안이 솔깃할 수밖에 없었다. 고민을 거듭한 끝에 결국 그는 그들의 말대로 천상련을 찾아가기로 결심했다.

하지만 막상 당일이 되니 정심방의 무인들은 극소수에 지나지 않았다. 이에 석군평이 비쩍 마른 노인에게 따져 물었다.

"정심방에서 온 무인은 겨우 다섯이 전부요?"

"정심방은 천상련과 원한이 깊습니다. 한데 우리 정심방의 무인 수가 많다면 천상련은 처음부터 적개심을 가질 것이 분명하지 않겠습니까? 그러니 처음에는 저희 다섯 명만이 함께

가고, 차후 사정이 변하는 것에 따라 정심방 무인을 증원하는 것이 어떨는지요?"

석군평이 가만히 생각해 보니 그 또한 나쁘진 않을 것 같았다. 그리고 화산파와 종남파가 함께 있는 상황에서 정심방 같은 신생 조직이 배신할 가능성은 더더욱 없을 듯했다.

"좋소, 어차피 단시간에 칠절매화검을 돌려받기는 힘든 일일 테니 상황이 변하는 것을 지켜봅시다."

결국 석군평은 고개를 끄덕이며 수긍했다.

"한데… 지금 그들이 보이지 않는군."

이야기를 들은 진양과 유설은 분명 그 정심방에서 왔다는 자들이 천의교 신도일 것이라고 확신했다.

그때였다.

"엇! 저기다!"

무리 중 누군가가 건물 모퉁이를 가리키며 소리쳤다. 그 소리에 진양과 석군평, 그리고 봉상탁이 거의 동시에 몸을 날렸다.

"노옴! 어딜 가느냐?"

세 사람이 번개처럼 몸을 날려 다가가자, 모퉁이를 돌아 사라지는 한 그림자가 눈에 띄었다. 가장 가까이에 있던 봉상탁이 세 사람 중 제일 빨랐는데, 그가 마침 모퉁이를 돌아서자

마자 갑자기 요란한 폭음이 울렸다.

퍼펑!

이어서 봉상탁이 비명을 내지르며 튕겨 날아왔다.

"크악!"

깜짝 놀란 석군평과 진양이 얼른 달려가 봉상탁을 부축했다.

"괜찮으십니까, 선배님?"

봉상탁은 한 움큼 선지피를 토하더니 그대로 의식을 잃고 말았다.

석군평이 봉상탁의 가슴팍을 풀어헤쳐 보니 손바닥 자국이 시커멓게 새겨져 있었다.

'무시무시한 장력이군.'

그는 단 일 수에 봉상탁을 이렇게 만들 수 있는 사람이 강호에 얼마나 있을까 생각했다.

한편 종남파의 제자들은 수석장로인 봉상탁이 장력을 얻어맞고 기절해 버리자 눈이 뒤집혀 소리쳤다.

"누구냐! 당당히 나와서 나랑 싸우자!"

"나오지 않는다면 직접 가지!"

종남파 무인들이 저마다 건물 모퉁이를 향해 달려갔다.

진양이 손을 뻗으며 소리쳤다.

"잠깐 기다려요!"

하지만 이미 네댓 명의 종남파 제자가 모퉁이를 돌아간 이후였다. 곧이어 '퍼펑!' 하는 요란한 소리가 연이어 터져 나오더니, 이번에도 마찬가지로 종남파 제자들이 추풍낙엽처럼 날아왔다.

그들은 저마다 피를 토하며 바닥에 나뒹굴었는데, 두 명은 그 자리에서 즉사한 듯 다시는 움직이지 못했다.

석군평이 검을 뽑아 들며 소리쳤다.

"그대는 비열하게 숨어 공격하지 말고 당당히 모습을 드러내라!"

그러자 모퉁이 너머에서부터 긴 그림자가 비쳐들더니 서서히 돌아 나왔다. 회색빛 머리카락이 사방으로 아무렇게나 뻗친 중년의 사내.

진양은 그를 보고 깜짝 놀랐다.

'저자는……!

과거 진양이 천상련에서 지낼 때 그는 공소부와 천보각을 남몰래 벗어난 적이 있었다. 그때 보았던 쇠사슬을 차고 있던 그 죄수가 아닌가?

그렇다면 천상련은 이미 사 년 전쯤부터 천의교의 존재를 알고 있었다는 말이 아닌가?

진양은 새삼 천상련의 정보력에 놀라고, 눈앞의 이 중년인이 바로 위교사왕 중 파천일왕인 마천강이라는 사실에 또 놀랐다.

이어서 비쩍 마르고 키가 큰 노인이 나타났는데, 그는 바로 진양이 응천부에서 목숨을 걸고 싸웠던 금곤삼왕 갈지첨이었다. 그리고 갈지첨 옆에는 그의 제자인 종지령이 서 있었다.

그 외에도 진양이 처음 보는 사람이 둘 있었는데, 한 명은 중년의 여인이고, 다른 한 명은 땅딸막한 키에 머리가 새하얀 노인이었다. 노인은 눈과 입가에 웃음기를 한가득 머금고 있었다.

석군평이 그들을 보더니 침음을 흘렸다.

"끄응. 그대들이 나를 속인 것인가?"

그는 갈지첨과 종지령을 쏘아보고 있었다.

상황이 또 급변하자 왕자헌과 곽연은 이제 어떻게 대처해야 할지 감도 오지 않았다.

풍천익도 마찬가지였다.

그는 지금까지 화산파와 종남파를 의심하고 있었는데, 이제 보니 그들 또한 이용당한 것이 아닌가?

"이놈들! 잘도 날 속였군!"

풍천익이 이를 부득 갈며 소리치자, 마천강이 탁한 웃음을 흘리며 대꾸했다.

"풍 각주는 언제부터 우리가 당신들을 속였다고 생각하시는 거요?"

"흥! 언제부터라니? 네놈이 화산파와 종남파를 들먹일 때부터……."

말을 하던 풍천익은 갑자기 입을 다물더니 마천강을 똑바로 마주 보았다. 마천강은 고개를 갸웃거리면서 빙그레 웃고 있었다.

"이제 뭘 좀 아셨소?"

"설마… 네놈은……."

"크크크, 이 마천강이 정말 천상련의 파멸대에 사로잡힐 정도라고 생각하셨소?"

그의 말은 이곳에 있는 무인 모두에게 충격이었다.

풍천익이 천천히 말을 이어갔다.

"그렇다면… 네놈은… 애초에 계획적으로……."

"이제 바로 아신 것 같군. 조금 늦어버린 감이 없지 않지만."

마천강이 입꼬리를 말아 올렸다.

풍천익은 내상이 심각한데다 장시간 싸움을 겪느라 몸 상태가 말이 아니었다. 겨우 마음을 진정시키고 내기를 다스리는 중이었는데, 마천강의 말에 정신적으로 충격을 받자 순간적으로 기혈이 뒤엉키고 말았다.

그가 격하게 기침을 토하자 피가 거침없이 쏟아져 나왔다.

이번에는 석군평이 나서서 소리쳐 물었다.

"그럼 네놈들은 정녕 정심방의 무인이 아니었단 말이냐?"

갈지첨이 대답했다.

"정심방? 킬킬! 정심방은 우리가 조직한 것이 확실하니까 그리 성낼 것은 없소! 다만 화산파에 접근하기 위해 임시로 만든 방파일 뿐이지! 킬킬킬!"

석군평은 어이가 없었다.

'임시로 만들어? 하나의 방파를 운영하려면 막대한 자금이 필요할 텐데 임시로 만들다니!'

석군평은 둘 중 하나일 것이라고 생각했다. 갈지첨이 허세를 부리고 있거나, 아니면 정말 천의교가 막대한 자금을 보유하고 있거나.

그때 갈지첨의 시선이 진양에게 향했다. 그의 표정에 짜증스러움이 묻어났다.

"또 네놈이군. 내 일전에 너에게 말하지 않았던가? 다음에 다시 나를 만나게 되면 살 생각을 버려야 할 것이라고."

"사람의 인연은 하늘이 정하는 것이 아니겠습니까?"

"그럼 하늘이 네 목숨을 그리 길게 남겨두지 않은 모양이구나."

그러자 석군평이 검을 앞세우며 한 걸음 나섰다.

"흥! 당신은 나부터 상대해야 할 것이오!"

갈지첨이 낄낄거리며 웃었다.

"이미 내상을 입은 몸으로 나를 상대할 수 있을 것 같소?"

"입으로 말할 필요가 있는가? 나와서 내 검을 받으시오."

석군평이 근엄한 목소리로 말하자, 갈지침이 삼절곤을 꺼내 들며 앞으로 걸어나왔다.

한데 마천강이 갈지침을 막아섰다.

"내가 나서보지."

그러자 갈지침이 두말하지 않고 물러났다.

검을 뽑아 들고 있던 석군평은 뜻밖에 마천강이 나서자 조금 긴장할 수밖에 없었다. 거리낌없이 걸어나오는 마천강의 전신에서는 사이한 기운이 풍겨 나왔다.

마천강이 우뚝 멈춰 서자 그 기운에 압도당한 화산파와 종남파 제자들이 저도 모르게 여린 신음을 흘렸다.

석군평은 검을 대각선으로 한 번 휙 젓더니 날카롭게 소리쳤다.

"누구라도 좋겠지!"

말을 마친 그가 바람처럼 달려나갔다.

여느 때라면 석군평은 절대로 선공을 취하지 않았을 터였다. 무림 대종사의 신분으로서 품위를 지키는 것을 무엇보다 우선시했을 것이다.

하지만 지금은 달랐다.

석군평은 내상이 부담스러운 상황이었고, 상대에 대한 정보가 조금도 없었다. 그러니 자칫 선공을 양보했다간 오히려 자신이 당할 수도 있을 것이라 여긴 것이다.

그가 내력을 한껏 끌어올리며 검을 대각선으로 후려치자, 마천강은 피식 웃음을 흘리더니 몸을 비스듬히 기울였다. 머리카락 한 올 차이로 검을 흘려보낸 마천강이 오른손을 뻗어왔다.

순간적으로 뻗어오는 후끈한 기운에 석군평은 재빨리 왼손을 내뻗었다. 두 사람의 손바닥이 부딪치며 기가 폭발하듯 큰 소리가 울렸다. 동시에 사방으로 기의 파장이 훅 불어나갔다.

장력의 반동으로 훌쩍 물러나간 석군평은 숨을 훅 들이마시더니 용수철처럼 튀어나갔다. 이어서 그는 칠절매화검의 낙매여우 초식을 펼쳤다.

순식간에 마천강의 몸 위로 수십 검이 쏟아졌다. 이때쯤 해는 이미 서산으로 졌고, 하늘은 노을의 절정에 물들어 붉게 빛나고 있었다.

거기에 석군평이 자하신공을 끌어올려 칠절매화검을 펼치고 있으니, 객당 안마당은 온통 붉은 공기로 가득 찬 듯했다. 붉은 검날이 춤을 추듯 쏟아지자, 화산파의 제자들이 박수를 터뜨리며 함성을 질렀다.

"와아!"

지켜보던 진양 역시 놀란 마음을 지우지 못했다.

'내가 사용할 때와는 위력이 또 다르구나. 지금 저분은 매영난세와 낙매여우 초식을 혼용하여 쓰고 있다. 하니 더욱 실과 허를 구분하기가 어렵고, 각각의 초식이 지니고 있는 단점마저 보완하는구나. 과연 명불허전이다.'

하지만 마천강도 손 놓고 당하지만은 않았다. 그는 현란한 보법을 밟아가며 석군평의 검을 피하고 있었다.

진양은 마천강을 유심히 보며 다시 감탄했다.

'저자의 회피 동작은 보법에서 팔 할 이상이 결정되는구나. 오로지 회피를 위해 만들어진… 보법이라고 볼 수 있겠다. 저 보법의 이름이 뭘까? 저런 보법은 익혀두면 아주 유익할 텐데.'

물론 석군평이 내상을 입지 않은 몸이었다면 제아무리 마천강이라도 오로지 회피 동작만으로 쏟아지는 수십 검을 피할 수는 없었을 것이다.

하지만 내상을 입은 석군평의 검세는 평상시만큼의 위력을 낼 수 없었다.

현란한 보법을 밟아가며 회피하던 마천강이 어느 순간 몸을 바짝 숙이더니 석군평의 품으로 불쑥 파고들었다.

석군평은 아까 마천강의 장력을 받은 기억이 있었다. 때문에 그는 얼른 몸을 반 장 정도 물리면서 손을 뻗어나갔다.

한데 그 순간 마천강이 허리춤에서 두 자 정도 길이의 검을 뽑아 들었다. 매우 순식간에 일어난 일이었는데, 지켜보는 모든 사람들이 깜짝 놀라서 탄성을 터뜨렸다. 그야말로 초인적인 발검 속도라고 할 만했다.

반면 장력을 뻗어가던 석군평은 크게 놀라며 다시 한 번 뒤로 물러났다. 그러나 마천강의 발검이 워낙 빨라 석군평의 왼팔 소맷자락이 길게 찢어져 나가면서 피가 흩뿌려졌다.

잘려 나간 소맷자락 사이로 석군평의 팔뚝이 길게 찢어진 것이 보였다.

"사부님!"

여미령이 깜짝 놀라며 소리쳤다.

그녀는 평소 존경하던 사부가 부상을 입은 몸으로 고전을 면치 못하자, 저도 모르게 검을 뽑아 들고 몸을 날려갔다.

"내 검부터 받아라!"

그녀가 앙칼지게 소리치며 일검을 내찔렀다.

하지만 마천강은 입가에 미소를 띠더니 가볍게 몸을 뒤틀며 팔꿈치로 그녀의 옆구리를 찍었다. '퍽!' 소리가 나면서 여미령이 바닥을 나뒹굴었다.

한참을 굴러간 여미령은 상처를 돌볼 생각도 하지 않고 벌떡 일어나서는 다시 기합을 내지르며 달려들었다. 이를 본 석군평이 버럭 소리쳤다.

"령아! 나서지 마라! 네가 상대할 자가 아니다!"

하지만 이미 여미령의 검은 마천강의 가슴팍을 노리며 찔러 들어가고 있었다.

순간 마천강이 손을 불쑥 내밀었다. 이는 마치 날아오는 검을 향해 손목을 갖다 바치는 꼴이나 다름없었기에 지켜보는 사람들이 저마다 놀라서 비명을 질렀다.

한데 마천강이 재빨리 보법을 밟으며 손목을 뒤틀자, 어느새 그의 손은 여미령의 손목을 낚아채는 것이 아닌가?

챙그랑!

손목이 뒤틀리면서 여미령은 들고 있던 검을 놓치고 말았다. 그녀는 수치심과 분노로 얼굴이 발갛게 달아올라 소리쳤다.

"이것 놔라! 더러운 녀석!"

"어린년이 예절을 너무 모르는구나. 손목이 부러져 봐야 세상 넓은 줄을 알겠느냐?"

마천강은 스산한 목소리로 말을 내뱉더니 손에 힘을 주었다. 여미령은 까무러칠 듯한 고통에 참지 못하고 비명을 내질렀다.

"꺄악!"

그때 진양이 쏜살같이 달려들며 소리쳤다.

"그만두시오!"

순식간에 마천강이 있는 곳까지 날아온 그가 재빨리 수호필을 내려쳤다.

마천강이 얼른 여미령의 손목을 놓고 물러나자 수호필이 그대로 바닥으로 떨어졌다.

마천강은 곧바로 검을 가로로 후리며 진양의 가슴을 베어 갔다. 진양 역시 얼른 보법을 밟아 뒤로 물러났다가 다시 수호필을 끌어올렸다.

까앙!

두 자루의 무기가 부딪치자 불티가 휘날리며 금속성이 사람들의 고막을 내찔렀다.

진양은 얼른 벽력섬광도의 도초를 펼쳐 나갔다. 단단하고 넓게 퍼진 붓털이 날카로운 파공음을 토해내며 상대를 위협해 갔다. 마천강 역시 손목이 보이지 않을 만큼 빠른 몸놀림이었다.

두 사람의 무기가 부딪칠 때마다 요란한 금속성이 터져 나왔는데, 나중에는 마치 하나의 소리처럼 어우러질 정도로 빨랐다.

진양의 자양신공을 머금은 은잠사는 이미 강철이나 다름없었다. 붓털은 검날과 부딪칠 때마다 쇳소리를 울리며 불티마저 휘날렸다.

이때쯤 해는 완전히 저물었고, 하늘을 붉히던 노을조차 보이지도 않았다. 때문에 대개의 무인들은 마천강과 진양이 어떻게 싸우고 있는지 제대로 볼 수가 없었다.

그때 갈지첨이 일갈을 터뜨리며 달려왔다.

"이 양가 놈아! 네놈은 내가 죽인다고 했으니 내 곤부터 받아라!"

그가 삼절곤을 휘두르며 달려들자, 지켜만 보던 승천각주 송강이 검을 뽑아 들고 달려나왔다.

"비겁하게 소년을 상대로 어른 둘이 덤비다니!"

이렇게 되자 이번에는 중년의 여인과 종지령이 앞을 막아섰다.

"흥! 먼저 끼어든 것은 그쪽이 아니오?"

검을 뽑아 든 사람이 늘어나자, 석균평을 비롯한 화산파의 제자들도 일제히 무기를 꺼내 들고 싸울 태세를 갖췄다.

마침 풍천익이 주위를 둘러보며 소리쳤다.

"불을 밝혀라!"

그러자 천상련 곳곳에 곧 불이 밝혀지고 객당의 안마당은 금세 대낮처럼 환해졌다.

그가 일부러 불을 밝히게 한 것은 천의교 무인들에게 머릿수에서 우위에 있다는 점을 확실히 보여주기 위해서였다.

한데 갈지첨이 낄낄거리더니 카랑카랑한 목소리로 소리쳤다.

"천의교 신도들은 나와라!"

그러자 천의교가 나타났던 건물 모퉁이 뒤에서 경장 차림의 무인들이 우르르 쏟아지듯 나타났다. 뿐만 아니라 지붕 위에서도 모습을 드러냈다.

어림잡아도 마흔 명은 되어 보였다.

천의교 신도들이 거짓말처럼 나타나자, 천상련의 무인들은 물론 화산파와 종남파의 제자들도 경악하고 말았다.

풍천익은 주먹을 꾹 말아 쥐었다.

'제미랄! 저들이 언제 여기까지 왔단 말인가? 가만, 그렇다면 파수를 서는 녀석들이 전부……?'

분노가 끓기 시작하자 다시 가슴에서 비릿한 피 냄새가 올라왔다.

천의교 신도들이 이곳까지 들어온 걸 보면 틀림없이 천상련의 무인 상당수가 희생되었으리라.

'어쩌다가 천상련이 이 지경이 되었단 말인가!'

풍천익은 남몰래 장탄식을 토하며 이마를 짚었다.

이때쯤 진양과 마천강 등은 싸움을 멈추고 양 갈래로 나뉘어 서서 서로를 경계하고 있었다.

갈지첨이 이죽거리며 말했다.

"어쩌시겠소? 이대로 한판 벌여보겠소?"

결국 풍천익은 분노를 억누르지 못하고 또다시 격한 기침을 토해냈다.

"련주님을 죽인 원수를 이대로 살려 보내줄 것이라 생각하느냐?"

"쯧쯧. 그렇지 않으면?"

"이노옴! 쿨럭쿨럭!"

풍천익이 제대로 서 있지도 못할 만큼 비틀거리자 진양이 얼른 돌아와 그를 부축했다.

"풍 각주님, 복수는 미루고 우선은 천상련을 돌봐야 하지 않겠습니까?"

그러자 철기각주 동소립이 동의하며 나섰다.

"양 소협의 말이 맞소. 풍 각주, 오늘은 본 련에 큰일이 일어난 터라 모두 동요하고 있으니 원수는 다음에 갚도록 합시다. 련주님을 죽인 자들이 저들인 것을 확실히 알았으니 언제라도 복수를 할 수 있을 거요."

"끄음."

풍천익이 신음을 흘리며 눈을 지그시 감았다.

그때였다.

객당 너머에서 병장기 부딪치는 소리가 들리더니 고함 소리가 연이어 터져 나왔다.

이번엔 또 무슨 일인가 싶어서 풍천익이 눈살을 찌푸리는데, 진양이 얼른 나섰다.

"제가 가보겠습니다."

진양이 몸을 훌쩍 날려 지붕 위로 올라가니, 갈지첨이 기다렸다는 듯이 날아올랐다.

"네놈 모가지는 내가 가져간다고 하지 않았더냐?"

그러자 송강이 얼른 외쳤다.

"모두 양 소협을 엄호하라!"

"존명!"

우렁찬 소리가 터져 나오더니 승천각의 무인들이 새 떼처럼 날아올라 진양을 호위했다. 갈지첨은 진양을 공격하기가 여의치 않자 멀리 떨어진 곳까지 물러났다.

그들이 아래를 내려다보니 두 무리의 무인이 섞여 서로 상잔하고 있었다.

진양은 그들이 누구인지 바로 알아보았다.

한쪽은 천의교 신도들이었고, 다른 한쪽은 위사령과 흑표를 비롯한 혈사채의 무인들이었던 것이다.

"흑 형님! 위 선배님!"

진양이 얼른 몸을 날려 그들 무리 위로 뛰어내렸다.

그러자 천의교 신도들이 일시에 진양을 공격해 왔다. 하지만 진양을 호위하는 승천각 무인들이 그림자처럼 뒤를 따랐기에 다시 상황은 난장 속으로 치달았다.

흑표와 위사령은 진양을 보자 반가운 마음에 크게 소리

쳤다.

“무사하셨군!”

“예. 그런데 어떻게 여기에 오신 겁니까?”

“양 소협이 오지 않으니 걱정이 돼서 온 것이오! 한데 천상련에 복잡한 사정이 생긴 모양이군. 이들은 천상련의 무인들이 아닌 모양인데.”

위사령이 적을 일검에 베어내며 말했다.

진양 역시 상대의 혈도를 점하며 대답했다.

“자세한 사정은 나중에 말씀드리겠습니다. 저도 너무나 복잡해서 어디부터 설명을 드려야 할지 모르겠습니다.”

그때 지붕 위에서 상황을 지켜보던 갈지첨이 버럭 소리쳤다.

“모두 물러나라!”

그러자 천의교 신도들이 일제히 뒤로 물러났다.

길이 열리자 진양은 혈사채 무인들을 이끌고 객당 안마당까지 들어왔다. 만약 천의교 신도들이 계속해서 혈사채와 승천각 무인들을 공격했다면 싸움이 의도치 않게 커질 수 있었기에 포위를 풀도록 명한 것이다.

혈사채 무인들까지 마당으로 들어오자, 객당의 안마당은 검을 뽑아 든 무인들로 인산인해를 이루었다.

갈지첨은 이를 부득 갈았다.

'원래는 우리 위교사왕이 냉 련주를 죽인 뒤에 그 일을 화산파와 종남파에게 뒤집어씌우려고 했건만.'

만약 그렇게만 됐다면 화산파와 종남파는 이 모든 것이 풍천익의 계략이라고 생각했을 것이다. 그래서 풍천익을 일부러 뇌옥에서 풀어준 것이기도 했다.

계획대로만 흘러갔다면 정사대전을 일으킬 수도 있었으리라.

한데 변수가 생겼다.

우습게도 창천당주 왕자헌이 풍천익의 편을 들지 않고 화산파와 종남파의 편을 든 것이다. 일이 이상하게 돌아가자 위교사왕은 천상련을 벗어나지 못하고 사태를 주시했다.

그런데 엎친 데 덮친 격으로, 진양이 나타나더니 모든 계획을 엉망으로 만들어 버린 것이다.

천의교로서는 진양이 그야말로 눈엣가시 같은 존재일 수밖에 없었다.

해서 갈지첨은 진양만은 죽이고 돌아갈 생각이었다.

한데 이번에는 혈사채까지 끼어든 것이다.

갈수록 일은 커지고 천의교는 공공의 적이 되고 말았다.

만약 이대로 천의교와 나머지 세력이 한바탕 싸움을 벌이면 어떻게 될까?

위교사왕의 무공은 다른 이와 견줄 수 없을 만큼 고강하다.

그나마 풍천익과 송강, 그리고 양진양과 석군평이라면 적수가 될 것이다.

한데 이들 중 멀쩡한 자는 양진양밖에 없다.

이렇게 여덟 명이 싸우면 위교사왕이 이길 것이다.

하지만 머릿수에서 많이 밀린다.

어떻게 하는 것이 좋을까?

갈지첨이 난감한 표정으로 머리를 굴리고 있는데, 마천강이 껄껄 웃었다.

"이거 사정이 복잡하게 됐군. 보아하니 오늘 천상련에 좋지 않은 일이 일어난 듯한데, 심심한 유감을 표하는 바이오. 우리는 이만 물러가도록 하겠소."

"흥! 뻔뻔하기 짝이 없군! 그 유감스런 일을 만들어낸 장본인이 아니던가?"

석군평이 날카롭게 힐난하자 마천강은 그저 웃음만 지을 뿐이었다.

그가 몸을 돌리며 천의교 신도들을 향해 나직이 말했다.

"그만 돌아가지."

그러자 천의교 신도들이 길을 열었다. 위교사왕을 중심으로 천천히 걸어가자, 신도들도 더 이상 살기를 드러내지 않고 몸을 물리기 시작했다.

풍천익은 얼굴이 붉으락푸르락해져서 거칠게 숨을 쉬었

다. 진양이 그의 곁으로 다가가 부드러운 목소리로 달랬다.

"각주님, 우선은 좀 쉬는 것이 좋겠습니다."

하지만 풍천익은 노기가 가시지 않은 표정으로 왕자헌과 곽연을 쏘아보았다.

"일이 이 지경이 된 것에는 왕 당주의 불찰이 다분하오! 왕 당주는 어떤 식으로든 이번 일에 대한 책임을 져야 할 것이오!"

"난… 난……."

왕자헌이 새파랗게 질린 안색으로 더듬더듬 입을 열었지만, 뭐라고 변명할 말이 없었다. 뇌옥에 갇혀 있던 풍천익조차도 적들을 막으려고 부상까지 입었는데, 왕자헌은 가만히 서서 적을 도와준 꼴이 되지 않았나? 곽연 역시 새하얗게 질린 표정으로 안절부절못했다.

송강이 나서더니 목소리를 높여 외쳤다.

"본 련에 좋지 않은 일이 일어났다! 그렇다고 언제까지 슬픔에 빠져 있을 수만은 없는 일이다! 각 당주와 부당주, 그리고 각주와 부각주는 천상궁으로 모여서 대책을 회의하는 것이 좋겠소! 또한 대주들도 모두 참여하는 것이 좋겠소!"

그러고 나서 그는 대답을 듣지도 않고 몸을 돌렸다.

풍천익 역시 왕자헌과 곽연을 매섭게 노려보고 나서 몸을 돌려 걸어갔다. 그는 곧 수하들을 시켜 진양 일행을 손님으로

서 정중히 접대하도록 일렀다.

그리고 화산파와 종남파를 장내에서 당장 쫓아내라고 일렀지만, 주위에서 말리는 바람에 객당에 머물도록 했다.

잠시 후 천상련 곳곳에서는 무인들이 흐느끼는 소리로 가득 찼다.

第四章

비참한 최후

그날 밤 천상궁 대청에는 대주 급 이상의 무인들이 모였다.

냉이천 련주가 앉아 있어야 할 상석은 쓸쓸한 모습으로 비어 있었다.

탁자에 둘러앉은 무인들은 저마다 비통한 심정으로 말을 아꼈다. 어쩌다가 입을 열어도 장탄식과 함께 혼잣말처럼 중얼거리는 것이 전부였다.

조금 시간이 지나자 풍천악이 진양 일행을 데리고 대청으로 들어왔다.

모여 있던 무인들이 저마다 자리에서 일어나며 풍천익과

진양 일행을 맞이했다.

제일 먼저 말을 건넨 사람은 천기당주 상중명(相中明)이었다.

“련주님의 시신은 보셨소이까?”

풍천익이 착잡한 표정으로 고개를 끄덕였다. 이제는 마음의 안정을 많이 찾은 것인지 심호흡을 깊게 할 뿐 다른 반응은 없었다. 오히려 그의 말투는 섬뜩할 정도로 차분했다.

“봤소.”

냉이천 련주의 시신은 천상궁의 침실에 보관되어 있었다.

침실은 사건이 일어났을 때의 모습 그대로 보존되어 있었는데, 이는 당시의 흔적을 살펴서 여러 단서를 찾아내기 위함이었다.

다만 련주의 시신만은 침상 위로 반듯하게 옮겨놓았다.

그럼에도 방은 비교적 깔끔한 상태를 유지하고 있었다. 침상 옆에는 련주의 호신위 네 명이 쓰러져 있었는데, 두 명은 가슴에 깊은 상처가 나 있고 다른 두 명은 목에 난 자상이 사망 원인으로 보였다.

네 구의 시체를 살펴본 풍천익은 곧바로 위교사왕 중 중년의 여인이 흉수임을 알아챌 수 있었다.

“비도술을 이용해서 네 명을 순식간에 해치웠군. 련주님의 시신이 처음 있었던 위치는 어디인가?"

풍천익의 질문에 무인 한 명이 바닥 한쪽을 가리켰다.

"이곳에 누워 계셨습니다."

풍천익은 눈을 가늘게 뜨고는 주변을 다시 한 번 둘러보았다. 의자 하나가 부러지고 탁자 모서리가 날카롭게 베인 것 빼고는 어떠한 물건 파손도 없었다. 싸움이 그리 길게 이어지진 않았다는 뜻이다.

바닥에는 피가 고여 있었는데, 련주의 발 크기만큼 모양이 찍혀 있었다.

방 안의 풍경을 한참 동안 살피던 풍천익의 눈에 조금씩 사건이 일어나던 당시의 모습이 펼쳐졌다.

냉이천 련주는 자고 있었다.

그런데 어느 순간 기척을 느끼고 눈을 떴다. 이때쯤 이미 그의 호신위 네 명은 침상 앞을 가로막고 방문을 노려보고 있었다.

호신위들이 저마다 검을 뽑아 들기 위해 손을 허리춤으로 가져가는데, 돌연 문이 열리더니 밖의 어둠 속에서 단도 네 자루가 날아왔다.

쉐엑! 쉐에엑!

"컥!"

"억!"

두 자루의 단도는 왼쪽 두 명의 가슴에 깊이 박혔고, 다른 두 자루는 오른쪽 두 명의 목을 그어버렸다.

네 명의 호신위가 허무하게 목숨을 잃고 쓰러질 때, 냉이천 련주는 검을 집어 들고 번개처럼 몸을 날렸다.

타앗!

사실 호신위의 죽음은 허무한 것이 아니다.

그들이 존재하는 이유는 단 하나.

련주의 신변이 위험에 처하면 죽음으로써 시간을 버는 것이다. 그 찰나의 시간이 고수들에게는 기사회생의 기회가 되기도 하는 법이다.

빛살처럼 날아간 련주는 그대로 일검을 후렸다.

이때 갈지첨이 튀어나오며 삼절곤을 휘두른다. 두 무기가 부딪치면서 요란한 소리가 울리고, 갈지첨은 기세를 몰아 다시 한 번 공격을 가한다.

하지만 련주를 비껴 나간 갈지첨의 삼절곤이 그대로 의자를 내려쳐 부숴 버린다. 의자 파편이 사방으로 튀며 나뒹군다.

이때 련주가 갈지첨의 허점을 노리고 반격을 가한다.

하지만 그 순간 갈지첨의 등 뒤에서 누군가 불쑥 튀어나온다. 키가 땅딸막한 노인이 곰 발바닥처럼 단단하고 두터운 손을 내질러 온다.

퍼억!

미처 노인을 보지 못한 련주는 그대로 장력을 단전에 두드려 맞고 만다. 급히 호체신공을 발동시키지만, 단전에 직격으로 얻어맞은 장력은 생각보다 강하다. 이에 날카롭게 뿌려냈던 검은 방향을 잃고 옆에 있던 탁자 모서리를 잘라낸다.

련주는 선지피를 한 움큼 토하며 가까스로 중심을 잡고 선다. 쏟아져 내린 피가 발치에 고인다.

아주 잠깐의 격렬한 싸움은 소강상태로 빠져든다. 련주가 그들을 노려보고 누구냐고 물었을 수도 있다.

그때 다시 문밖의 어둠 속에서 그림자가 바람처럼 날아든다.

쐐에엑!

련주는 죽음을 직감한다. 이미 내장은 모두 파열된 상태이고, 기혈도 마구 얽히고 말았다. 하늘이 돕지 않는 이상 살아날 가망성은 없다.

하늘은 돕지 않았고, 달려온 바람은 두 자 정도 길이의 검을 련주의 가슴팍에 박아 넣는다.

푸욱!

그가 검을 단숨에 뽑아내자 대량의 피가 울컥울컥 흘러나오며 다시 또 발치에 고인다.

련주는 두어 걸음 물러나다가 쓰러진다. 가슴을 붉게 물들인 채로.

풍천익은 시신의 가슴을 쓰다듬었다. 뿜어져 나왔던 피가 딱딱하게 응고되어 있었다. 그는 손을 가늘게 떨며 서서히 아래로 내렸다. 냉이천 련주의 단전에는 검은색 모양의 손바닥 자국이 선명하게 새겨져 있었다.

그 손바닥은 안면에 미소를 가득 머금고 있던 그 노인의 것과 크기가 닮았다. 그 노인은 분명 장력을 특기로 연마한 자였다. 손바닥이 곰 발바닥처럼 두껍고 거칠었다.

대략의 사정을 파악한 풍천익은 련주의 시신을 향해 포권을 해 보인 다음 몸을 돌렸다. 그리고 곧바로 천상궁 대청으로 향했다.

풍천익의 이야기를 들은 무인들은 저마다 고개를 끄덕였다.

송강이 말했다.

"나도 풍 각주와 똑같이 추리했소."

송강은 풍천익과 함께 천상련에서 가장 강한 무인으로 손꼽을 수 있는 자였다. 그가 풍천익의 추리에 동의하니 다른 무인들은 반론의 여지가 없었다.

그때 천기당주 상중명이 탁자를 쾅 내려치며 벌떡 일어났다.

"왕 당주! 도대체 이번 일을 어떻게 해명할 생각이오? 그대는 풍 각주를 돕지는 못할망정 오히려 의심하지 않았소?"

그의 역정에 풍천익이 차갑게 웃었다.

"상 당주, 일부러 그리 성을 낼 필요는 없소이다."

풍천익의 말에는 가시가 있었다.

왕자헌과 곽연이 풍천익을 범인으로 내몰 때 세 명의 각주는 모두 풍천익을 변호했다.

하지만 천기당의 당주인 상중명은 철저하게 제삼자의 입장에서 관망하는 태도를 가졌던 것이다.

풍천익은 그가 원래부터 타고난 기회주의자라는 것을 잘 알고 있었기에 딱히 원망하는 마음 따위는 없었다. 그저 흐름을 타 왕자헌을 나무라는 모습이 가소로울 따름이었다. 하지만 애초에 천기당주가 풍천익을 변호했더라면 오늘 일이 그처럼 힘들진 않았을 것이다.

그런데 천기당주가 발을 빼고 물러서니 가장 권위가 약한 사대대주도 함부로 나설 수가 없게 됐고, 각주들만 위험에 처하게 되었던 것이다.

어쨌거나 사건의 전모가 드러난 지금, 각주들의 권위는 그 어느 때보다도 막강해져 있었다.

아마 지금이라면 천상련의 무인 중 대다수가 당주들보다 각주들을 믿고 따를 터였다. 그러니 천기당주 상중명은 지금 최선을 다해 각주들의 비위를 맞추고 있는 것이나 다름없었다.

철기각주 동소립이 말했다.

"일단은 본 련을 이끌 사람이 필요합니다. 비록 갑작스럽긴 하지만 우리 중에서 한 명을 선출해야 하지 않겠습니까? 다른 문제는 그 후에 결정해야 할 것입니다."

모두들 고개를 끄덕이며 동의했다.

동소립이 좌중을 둘러보며 다시 말했다.

"련주님은 갑자기 돌아가시게 되면서 아무런 말씀도 남기시지 못했습니다. 해서 우리끼리 선출해야 할 터인데, 혹시 여러분 중에서 누구 추천하고 싶은 분이 있습니까?"

그러자 송강이 탁자를 탁 내려치며 말했다.

"물어보실 것이 뭐 있겠소? 우리는 련주님이 돌아가실 때까지 눈뜬 봉사나 다름없었소. 하지만 풍 각주만이 뇌옥에 갇힌 상태에서도 적들과 맞서 싸우지 않았소이까? 더욱이 풍 각주는 무공도 뛰어나고 학식도 깊으니 련주님으로 모시기에 부족함이 없다고 생각하오. 다른 분들 생각은 어떻소이까?"

송강이 소리쳐 묻자, 천기당주가 껄껄 웃으며 답했다.

"옳소. 참으로 옳은 말이오. 저는 예전부터 그리 생각하고 있었습니다."

반면 왕자헌과 곽연의 표정은 몹시 어두워졌다.

동소립이 말을 받았다.

"나 역시 찬성이오. 그럼 혹시 반대하시는 분이 계시오?"

좌중은 조용했다.

이에 동소립이 흐뭇한 미소를 지으며 풍천익을 돌아보았다.

"풍 각주의 생각은 어떻소?"

"내가 어찌 본 련을 통솔할 수 있겠소이까? 하지만 본 련에 련주의 자리를 비워둘 수도 없는 노릇이니, 여러분의 뜻을 받아들여 임시나마 자리를 맡도록 하겠소이다. 하지만 때가 되면 분명히 자리에서 물러날 것이외다."

그러자 동소립이 환하게 웃으며 무릎을 털썩 꿇었다.

"동소립이 오대 련주님을 뵙습니다!"

풍천익이 손을 내저었다.

"그럴 필요 없소. 다른 분들도 번거로운 예는 생략합시다. 지금은 어디까지나 특별한 상황인만큼 임시로 련주의 자리를 맡는 것일 뿐이오. 그 점을 모두 염두에 두시기 바라오."

그러자 좌중의 무인들이 모두 고개를 숙이며 한목소리로 대답했다.

"알겠습니다, 련주님!"

갑작스런 칭호에 어색할 만도 하건만 풍천익은 시종 담담한 표정이었다.

한편 이런 상황을 가만히 지켜보던 진양은 내심 놀라운 마음이었다.

'모두들 마음이 심란하고 어지러울 텐데도 매우 신속하게 중요한 일을 결정해 가는구나.'

그때 풍천익이 왕자헌과 곽연을 돌아보며 불렀다.

"왕 당주, 곽 부당주."

두 사람이 벌떡 일어나며 대답했다.

"예, 련주님!"

"이번 일은 당신들에게 따져 물을 것이 많소. 변명할 시간이 필요하다면 드리지."

왕자헌은 주위 반응을 살폈다.

모두들 냉랭한 시선으로 자신과 곽연을 바라보고 있다. 이런 분위기 속에서 어떤 변명이 제대로 먹히겠는가?

왕자헌이 탄식을 흘리며 대답했다.

"없습니다."

풍천익은 가볍게 코웃음을 치더니 좌중을 둘러보며 말했다.

"오늘 이들의 행동으로 천상련은 큰 혼란을 겪었소. 물론

나 또한 애꿎은 화산파와 종남파를 의심했으니 부족한 부분이 있었소. 하지만 아무런 증거도 없이 동도를 무조건 의심하고 믿지 못한 왕 당주와 곽 부당주의 과오는 실로 크다고 할 수 있겠소. 이들을 어찌하면 좋겠소?"

그러자 송강이 벌떡 일어나며 단호한 표정으로 말했다.

"창천당주의 자리는 본 련에 위기가 발생했을 시에 가장 책임감이 무겁고 중요한 위치라고 볼 수 있습니다. 한데 왕 당주는 이번 대사에서 본 련을 한마음 한뜻으로 이끌기는커녕 동도를 의심하고 련 내 세력을 분열시켰습니다. 뿐만 아니라 여러 문파 앞에서 적에게 놀아난 수치스런 꼴을 보였으니 그 죄가 결코 가볍지 않습니다. 제 생각에 그의 목을 베어 죄를 물으심이 옳을 듯합니다."

챙그랑!

송강의 말이 끝나자마자 검 자루가 바닥에 떨어졌다. 사람들이 시선을 돌려보니 왕자헌이 새파랗게 질린 안색으로 안절부절못하고 있었다. 바닥에 떨어진 검은 바로 그의 것이었다.

곁에 서 있는 곽연은 입술을 콱 씹은 채 눈알을 이리저리 굴리고 있었다.

동소립이 탄식을 흘리며 말했다.

"하나 갑작스레 그의 목을 베면 본 련의 동도들이 동요할 수도 있습니다. 이번엔 천중옥에서 십 년 동안 수양을 쌓도록 하시는 것이 어떻겠습니까?"

그러자 지금껏 듣고만 있던 파멸대주 강욱(姜煜)이 동의하며 나섰다.

"제 생각 역시 동 각주님과 같습니다. 자칫 이번 일이 내부 분열로 이어지지 않도록 처리하는 것이 좋을 듯합니다."

그의 말에 모두 고개를 끄덕이며 동의했다.

다만 송강은 그 처벌이 마음에 안 드는지 시종 굳은 표정으로 고개를 설레설레 저었다.

풍천익이 모두를 향해 말했다.

"알겠소. 그럼 왕 당주와 곽 부당주는 천중옥에서 십 년간 수양을 쌓도록 하시오."

왕자헌이 한참이 지나서야 어렵게 입을 뗐다.

"련주님의 명을 받들겠습니다."

풍천익이 피식 웃으며 말했다.

"왕 당주가 받아들인다니 다행이군. 서로 얼굴 붉힐 일이 없어서 말이오."

왕자헌은 아랫입술을 꾹 씹었다.

풍천익은 다시 좌중을 둘러보며 말을 이었다.

"그리고 한 가지 내가 제안을 할까 하오만."

천기당주 상중명이 얼른 말했다.

"말씀하십시오, 련주님."

"여기 있는 양 소협은 오늘 본 련을 위기에서 구해준 영웅이라고 할 수 있을 것이오. 그는 오래전 나와 인연이 닿아 천상련을 위해 일한 적이 있소. 이 사실은 물론 여러분 모두 알고 있는 일이라 생각하오. 해서 말인데, 오늘 그와 관련하여 한 가지 제안을 할까 하오."

"그게 무엇입니까?"

상중명이 다소 어리둥절한 표정으로 물었다.

풍천익이 빙그레 웃으며 말했다.

"창천당주와 부당주가 천중옥에서 수양을 하게 되었으니 앞으로 창천당을 이끌어갈 인물이 필요하지 않겠소? 하여 나는 여기 있는 양 소협에게 맡겨볼까 하오."

탕!

순간 탁자를 손으로 내려치는 소리가 울렸다. 모두가 고개를 돌려보니 왕자헌이 주먹으로 탁자를 내려친 채로 부들부들 떨고 있었다.

자신을 대신할 창천당주까지 지목되자 비참한 처지가 다시 한 번 각인된 것이다.

풍천익이 소리없이 웃으며 물었다.

"왜 그러시오, 왕 당주?"

왕자헌이 잠시 씨근대더니 씹어뱉듯이 대꾸했다.

"아닙니다. 아무것도."

그때 진양이 자리에서 벌떡 일어나며 말했다.

"풍 각주… 아니, 련주님의 뜻에 깊은 감사의 말씀 드립니다. 하지만 저는 오늘 별로 한 것이 없습니다. 그저 과거의 은혜를 갚고자 했을 따름입니다. 또한 창천당의 일을 제가 맡는 것은 천부당만부당한 일입니다. 제게는 그만한 능력이 없으니 이 점을 깊이 헤아리시고 다시 생각해 주십시오."

그러자 송강이 일어나서 말했다.

"양 소협, 우리 천상련은 그대를 은인으로 생각하고 있소. 오늘 그대가 아니었다면 본 련은 크나큰 위기를 겪었을 것이오. 나 또한 련주님과 같은 생각이오. 그러니 양 소협께서는 너무 겸사하지 마시고 우리의 청을 받아주셨으면 하오. 다른 분들 생각은 어떻소?"

"저 또한 련주님과 같은 생각입니다."

동소립이 말을 받았다.

그러자 각 대주들과 부각주들이 저마다 찬성의 뜻을 나타냈다.

제일 마지막으로 상중명이 어렵사리 입을 열었다.

"련주님의 뜻이 바로 저희의 뜻이지요."

그는 비굴한 미소를 짓고 있었는데, 마뜩찮은 기색을 완전히 숨기지는 못하고 있었다.

사실 상중명으로서는 창천당주가 뇌옥에 갇히게 되면 자신이 바로 창천당주의 자리를 맡을지도 모르겠다고 지레짐작했던 것이다.

한데 난데없이 나타난 진양이 그 자리를 잇게 생겼으니 여간 마음이 불편한 게 아니었다. 그렇다고 저지른 잘못도 있으니 눈치가 보여 불만을 제기하지도 못한 것이다.

마지막으로 풍천익이 흡족한 미소를 지으며 고개를 끄덕이곤 진양을 돌아보았다.

"양아, 모두의 생각이 이러하니 너는 거절하지 않았으면 좋겠구나. 어떠냐? 이 기회에 천상련의 창천당을 맡아보지 않겠느냐? 넌 이미 천의교의 음모에도 깊이 관여했으니 무림의 사정도 빨리 알 수 있을 것이다. 혹 천상련이 너에게 저지른 실수에 대해서 언짢은 점이 있다면 염치없지만 너그러이 용서해 주기 바란다."

진양은 모든 사람들의 시선이 자신에게 향하자 몸 둘 바를 몰랐다. 그는 한참 동안 생각하다가 어렵사리 입을 열었다.

"많은 분께서 제게 청하시니 불초 후배는 어떻게 처신해야 할지 모르겠습니다. 하지만 그런 큰 자리를 후배가 선뜻 맡을 자신이 없습니다. 괜찮으시다면 제게 생각할 시간을 주시지 않겠습니까?"

풍천익이 고개를 끄덕였다.

"좋다, 너로서도 갑작스런 일이라 당황스럽겠지. 네게 내일 아침까지 시간을 주면 어떻겠느냐? 우리도 마냥 창천당주의 자리를 비워둘 수만은 없으니 시간을 오래 끌 수가 없다."

"감사합니다. 내일 아침까지 반드시 마음을 정해서 답변해 드리겠습니다."

"알겠다. 긍정적으로 생각해 주길 바라마."

진양은 고개를 끄덕여 보인 후 자리에 앉았다.

풍천익은 다시 좌중을 둘러보며 말했다.

"이것으로 급한 안건은 대충 마무리 짓도록 하겠소. 오늘은 본 련에 좋지 않은 일이 일어났소. 많은 자들이 동요하고 있을 것이니 천기당주는 수련생들을 잘 타이르도록 하시고, 각 주 여러분과 대주들은 수하들을 잘 통솔해 주시기 바라겠소."

"알겠습니다."

좌중의 무인들이 한목소리로 대답했다.

이야기가 마무리되자 송강이 다시 일어나더니 대청 밖을 향해 소리쳤다.

"너희는 왕 당주와 곽 부당주를 천중옥으로 데려가거라!"

"옛!"

무인 네 명이 얼른 달려오더니 왕자헌과 곽연의 팔을 잡고 일으켰다. 그러자 왕자헌이 소맷자락을 거세게 떨치며 소리쳤다.

"놔라! 내 발로 갈 것이다!"

무인들은 잠시 멈칫거리며 풍천익의 눈치를 살폈다. 풍천익이 고개를 끄덕여 주자 그들은 왕자헌과 곽연의 좌우에 한 명씩 선 채로 이동했다.

그런데 그들이 막 대청을 나서려고 할 때였다. 돌연 왕자헌이 옆에 선 무인의 허리춤에서 검을 뽑아 들더니 단숨에 두 명을 베어 넘겼다.

"크악!"

워낙 갑작스럽게 벌어진 일이라 대청의 무인들은 잠시 동안 아무런 대처도 취할 수 없었다. 그러는 사이 이미 왕자헌은 나머지 두 무인의 목도 베어 넘기고 말았다.

"앗! 저 녀석이!"

송강이 대로해서 탁자를 손바닥으로 쾅 내려치며 일어났다. 동시에 그의 몸이 용수철처럼 튕겨 나가 왕자헌을 향해 쇄도해 들어갔다.

하지만 그 역시 오늘 낮에 있었던 싸움 때문에 기력이 부족한 상황이었다. 대신 왕자헌은 하루 동안 힘을 쓴 일이 없었기에 기력이 넘치고 있었다.

왕자헌은 날듯이 보법을 밟더니 가장 가까이에 있던 유설의 목에 검날을 들이밀고 잡아 일으켰다.

"엇! 유 낭자!"

그제야 진양도 사태를 파악하고 얼른 나섰지만, 왕자헌은 벌써 유설의 어깨를 잡은 채 대청 입구까지 물러간 후였다.

"모두 꼼짝 마시오! 그렇지 않으면 이 여자를 베어버리겠소!"

사정이 이렇게 되자 달려나가던 송강과 진양도 멈칫할 수밖에 없었다.

풍천익이 노한 표정으로 왕자헌을 노려보았다.

"왕 당주! 끝내 추잡하게 구는군!"

"흥! 풍 각주! 당신이 련주의 자리를 차지하기 위해 날 이 지경까지 내몬 것이겠지?"

"아직도 정신을 못 차렸나? 자네는 그 사리사욕 때문에 이 지경이 된 것일세."

"웃기는 소리! 나보고 십 년을 천중옥에서 썩으라고? 하하하! 당치도 않는 소리지! 이번 결정에 나는 동의할 수가 없다!"

왕자헌은 유설의 목에 검을 겨눈 채로 천천히 뒷걸음질을 쳤다.

이쯤 되자 잠시 어리둥절하게 서 있던 곽연도 얼른 정신을 차리고 왕자헌의 곁에 바짝 붙어서 주위를 경계하며 물러갔다. 그 역시 십 년 동안 천중옥 내에서 썩고 싶은 생각은 추호도 없었다.

두 사람이 안마당까지 나오자, 밖의 무인들이 우르르 몰려와 포위했다.

진양을 비롯한 무인들이 대청에서 막 걸어나오려는데, 왕자헌이 다시 카랑카랑 소리쳤다.

"움직이지 말라고 했다!"

그가 검날을 들어 유설의 목에 바짝 들이댔다. 그러자 유설의 희고 고운 목선을 타고 붉은 선혈 한 줄기가 주륵 흘러내렸다.

그 모습을 보고 나니 어느 누구도 감히 걸음을 내디딜 수가 없었다.

왕자헌이 주위를 둘러보니 대청 안마당에는 대략 서른 명 정도의 무인이 자신과 곽연을 포위하고 있었다. 그나마 다행인 것은 천상궁 바깥에서는 아직 지금의 상황을 모르는 듯했다.

'이대로라면 여길 벗어날 수가 없다. 우선 이곳만 벗어날 수 있다면 천상련도 무사히 빠져나갈 수 있을 듯한데… 어쩐다?'

왕자헌이 눈알을 이리저리 굴리며 생각에 잠겨 있자, 동소립이 탄식을 하며 말했다.

"왕 당주, 그만 검을 내려놓으시오. 더 이상 당신이 물러날 곳은 없소이다."

"흥! 물러날 곳이 없다면 죽기밖에 더 하겠소? 십 년 동안 모멸감을 느끼며 살아남느니 차라리 죽는 게 낫겠지!"

"왕 당주!"

"시끄럽소!"

버럭 소리친 왕자헌이 왼쪽 소매를 떨치니 강한 바람이 훅 불어나갔다. 그러자 마당 한쪽에 피워놓은 불이 순식간에 꺼져 버렸다.

그가 다시 소리쳤다.

"모두 불을 꺼라! 그렇지 않으면 이 여자의 목숨은 없다!"

무인들이 저마다 눈치를 살피고 있자, 풍천익이 하는 수 없이 고개를 끄덕였다. 그러자 무인들이 저마다 들고 있는 횃불과 건물에 내걸린 등불을 꺼버렸다. 갑자기 빛이 사라지자 주위는 삽시간에 암흑 속에 갇혀 버렸다.

그 순간 '휘리릭!' 하는 소리가 나더니 거뭇한 그림자가 마당을 가로지르며 달려가는 듯했다.

오감을 한껏 끌어올리고 주의를 기울이고 있던 진양이 재빨리 몸을 날려 기척을 향해 돌진했다. 순식간에 상대방에게 따라붙은 진양은 얼른 손을 내뻗어 상대의 손목을 낚아챘다.

한데 손에 잡힌 손목은 매우 가늘고 보드라운 살결이 아닌가?

진양은 곧바로 유설의 손목이라는 사실을 눈치채고 얼른 그녀를 자신 쪽으로 끌어당겼다. 그러자 왕자헌의 날카로운 목소리가 튀어나왔다.

"어딜 가려고?"

그 순간 진양이 유설의 손목을 놓는 것과 동시에 수호필을 곧장 찔러 나갔다.

쐐에엑!

어둠을 가로지르며 날아간 수호필은 섬뜩한 소리와 함께 뭔가를 베어냈다. 동시에 뜨끈한 액체가 진양의 왼쪽 뺨으로 튀어 올랐다.

"크읍!"

신음을 뱉은 사람은 분명 왕자헌이었다.

진양은 다시 손을 뻗어 유설의 몸을 자신의 등 뒤로 잡아 돌린 뒤에 곧바로 수호필로 내찔러 갔다.

쐐에엑! 까앙!

바람을 가르는 소리에 이어 청명한 금속성이 터져 나왔다. 그 순간 공력을 머금은 은잠사와 검날이 부딪치며 불꽃이 튀어 올랐다. 아주 짧은 순간에 불과했지만, 진양은 그 틈에 상대방의 윤곽을 대충이나마 확인할 수 있었다.

진양은 곧바로 이검을 내찌르며 붓털을 뾰족하게 세워 상대의 혈도를 점해갔다. 한데 필봉이 닿는 순간 섬뜩한 파육음과 함께 거친 비명이 튀어 올랐다.

푸욱!

"아악!"

외마디 비명 끝에 상대의 몸이 부르르 떨리는 것이 수호필을 타고 전해졌다. 진양이 수호필을 재빨리 거두어들이자 상대는 신음을 꺽꺽 삼키더니 털썩 쓰러지고 말았다.

진양은 전해진 감각에 비해서 돌아온 반응이나 소리가 조금 뜻밖이었지만, 그런 것들을 깊이 생각할 여유가 없었다.

그가 얼른 고개를 돌리며 소리쳤다.

"유 낭자! 괜찮소?"

"네, 전… 괜찮아요."

유설의 얼떨떨한 목소리가 등 뒤에서 전해졌다.

진양은 안도의 숨을 내쉬며 얼른 유설에게 다가갔다. 그가 손을 뻗어 잡자 가녀린 유설의 어깨가 잡혔다. 그 순간 유설이 진양의 품으로 파고들었다.

"양 소협, 고마워요!"

진양은 잠시 당황했지만 곧 그녀를 품에 안으며 다독였다.

"고생하셨소. 다친 데는 없소?"

"네."

"다행이오."

진양은 부드러운 손길로 유설의 등을 쓸어내렸다. 유설은 새삼 그의 품이 어렸을 적 아버지의 품과 닮았다는 생각이 들었다.

그때 풍천익이 소리쳤다.

"양아, 왕 당주를 어찌했느냐?"

"제가 혈을 짚어 유 낭자를 데려왔습니다. 그는 움직이지 못할 것입니다."

진양이 대답하자 풍천익이 주위를 둘러보며 소리쳤다.

"이제 불을 밝히도록 하라!"

그러자 분주한 움직임이 느껴지더니 금방 마당이 밝은 빛으로 환해졌다.

한데 다음 순간 사람들의 표정이 흠칫 떨렸다.

진양도 바닥에 쓰러진 왕자헌을 본 순간 저도 모르게 몸을 움찔 떨었다.

왕자헌이 눈을 부릅뜬 채 죽어 있었던 것이다. 그의 가슴은 깊은 검상이 새겨져 있었고, 상처에서 흘러나온 피는 바닥을 흥건하게 적시고 있었다.

풍천익 역시 왕자헌이 죽었을 것이라곤 생각지 못했기에 조금 당황한 표정으로 진양을 보았다.

"그를 죽인 것이냐?"

"아, 아닙니다. 전 정말 혈도만 가볍게 내질렀는데……."

"흠. 어두워서 잘못 찔렀을 수도 있겠지."

하지만 진양은 납득할 수가 없었다. 아무리 어둡더라도 자신이 내찌른 곳이 어느 부위인지는 감각으로 알 수 있었다. 분명히 자신이 내찌른 곳은 심장 한복판이 아니었다.

"정말 이해할 수 없군요. 전 혈도만 찌른 것이 분명합니다."

"그럼 누가 왕 당주를 찔렀단 말이냐? 네가 왕 당주와 싸울 때 근처에는 아무도 없지 않았더냐? 혹시 유 낭자가 찔렀소?"

풍천익이 시선을 옮기며 묻자 유설 역시 고개를 가로저었다.

"전 아니에요. 그럴 정신도 없었는걸요."

그때 송강이 불쑥 소리쳤다.

"그놈! 그놈이 보이지 않습니다!"

"누가… 아! 곽연!"

그제야 풍천익은 사정이 어찌 돌아간 것인지 대충 짐작할 수 있었다. 모든 사람의 이목이 왕자헌에게 집중되어 있었을 때, 곽연은 어둠을 틈타서 달아난 것이리라.

풍천익이 얼른 주위를 향해 소리쳤다.

"지금 당장 곽연을 쫓아라! 놈이 천상련을 벗어나지 못하게 하라!"

"존명!"

무인들이 삽시간에 흩어지며 달려갔다.

풍천익이 왕자헌의 시신 앞에 쪼그리고 앉았다.

"이해할 수가 없군. 그렇다면 곽연이 왕 당주를 찔러 죽였다는 것인데 왜 그런 짓을 했지?"

그때 왕자헌의 시신을 꼼꼼히 살펴보던 진양이 말했다.

"아무래도 이자의 옷이 좀 이상합니다. 혹시 곽 부당주가 왕 당주의 품에서 뭔가를 꺼내간 것은 아닐까요?"

그러고 보니 과연 진양의 말대로 왕자헌의 가슴팍이 거칠게 풀어헤쳐져 있었다. 싸우다가 자연스레 옷이 풀린 것으로 보기에는 조금 이상한 점이 있었다.

풍천익이 침음을 흘리다가 중얼거렸다.

"흐음, 그렇군. 곽연 그 녀석이 왕 당주의 품에서 뭔가를 빼간 모양인데, 뭔지 모르겠군. 가만, 피가 묻은 흔적으로 보면 책자인 듯한데……."

그러다가 풍천익은 갑자기 뇌리를 스치는 생각이 있었다. 그가 벌떡 일어나더니 사람들을 돌아보며 소리쳐 물었다.

"오늘 일이 발생하고 나서 제일 먼저 천상궁으로 온 자가 누구요?"

"천기당주입니다."

송강이 즉각 대답했다.

풍천익의 시선이 상중명에게 향했다.

상중명은 혹시 자신에게 불똥이 튈지도 모른다는 생각에 흠칫 물러나며 말했다.

"맹세코 저는 왕 당주와 아무런 관련이 없습니다."

"상 당주, 련주님이 돌아가신 걸 보고 나서 제일 먼저 뭘 하셨소?"

"창천당주를 불렀습니다만, 왜 그러시는지……?"

"그럼 왕 당주가 두 번째로 그 현장에 갔단 말이군."

"그렇습니다."

"그때 왕 당주가 뭔가를 챙긴 것은 없었소?"

"챙기다니요? 무얼 말씀하시는지요?"

"어떤 것이라도."

"따로 챙긴 것은 없었습니다. 오히려 현장을 보존하려고 애썼지요. 아, 한 가지 있군요."

"그게 뭐요?"

풍천익의 눈빛이 날카로워졌다.

상중명이 고개를 주억거리며 대꾸했다. 본래 풍천익은 그보다 나이는 많을지라도 직위로 따지면 상중명보다 아래에 해당했다.

하지만 임시 련주가 된 풍천익에게서는 묘한 위엄이 느껴지고 있었다.

"먼저 사라진 물건이 없는지 살폈지만, 모든 물건이 제자리에 그대로 있었습니다. 놈들은 련주님을 해하는 것이 오로지 목적인 듯했지요. 왕 당주는 곧바로 련주님 방에 보관되어 있던 참월도(斬月刀)와 천상무운신공(天上無雲神功)부터 안전하게 보관하기 위해서 창천당으로 옮긴 것으로 압니다."

이야기를 들은 풍천익이 곧바로 고개를 돌리더니 파멸대주 강욱을 돌아보았다.

"강 대주, 지금 당장 창천당으로 가서 참월도와 천상무운신공이 제대로 보관되어 있는지 확인하도록 하게!"

"알겠습니다!"

강욱이 곧바로 몸을 날려 천상궁 밖으로 사라졌다.

풍천익은 입술을 지그시 깨물며 생각에 잠겼다.

'만약 왕자헌이 천상무운신공을 챙기려고 했다면 보통 문제가 아니다. 그렇게 되면 곽연이 비급을 가져갔다는 말인데…….'

풍천익이 주먹을 꾹 말아 쥐자 후끈한 열기와 함께 아지랑이가 스멀스멀 피어올랐다.

잠시 후 강욱이 돌아와서 보고했다.

"련주님, 참월도는 보관되어 있습니다만 천상무운신공이 없습니다. 당원들의 말에 의하면 중요한 물건이라 왕 당주가 직접 보관하겠다고 했답니다."

"빌어먹을!"

풍천익이 욕지기를 뱉으며 바닥을 찼다.

지금 기분이라면 왕 당주를 살려낸 후 다시 죽여 버리고 싶은 심정이었다.

진양이 풍천익에게 다가와 달래듯 말했다.

"오늘은 시간이 많이 늦었습니다. 내기도 상하셨으니 그만 좀 쉬시는 것이 어떻겠습니까?"

하지만 풍천익은 고개를 저었다.

"이 상황에서 내가 어찌 쉴 수 있겠느냐? 그보다 너는 우선 돌아가서 쉬도록 해라."

풍천익은 상중명을 돌아보고 말했다.

"상 당주, 천기당에 공소부라는 녀석이 있을 거요."

"공소부라면… 시동으로 있다가 작년에 천기당으로 입문한 녀석이 아닙니까?"

"그렇소. 양 소협과 공소부는 어려서부터 인연이 있으니 그를 불러 양 소협을 객당으로 안내해 주도록 하면 좋겠소."

"알겠습니다. 그리하지요."

말을 마친 상중명은 곧바로 부당주를 불러 공소부를 데려오도록 했다.

사실 공소부는 천상련의 시동이었지만, 나이가 들어서 작년부터 천기당의 입문생으로 들어가게 되었던 것이다.

진양은 자신만 돌아가서 쉬는 것이 미안했지만, 며칠 동안 고생한 유설을 생각해서라도 언제까지 천상련의 일에 개입할 수는 없었다.

'유 낭자가 지금 몹시 지쳐 있으니 우선 편한 잠자리를 구하고 쉬게 해주어야겠다. 나 때문에 그녀도 쉴 수 없으면 안 되지. 그리고 천상련은 내가 아니더라도 이번 일을 잘 해결할 거야.'

잠시 후 천기당의 부당주와 함께 눈에 익은 얼굴이 천상궁 안으로 들어왔다. 다부진 체격에 서글서글한 인상이 특징인 남자였는데, 진양은 그를 보자마자 반가운 마음에 얼굴 가득 미소를 머금었다.

"소부 형님!"

공소부는 잠시 진양을 알아보지 못해 움찔 떨더니 곧 환하게 웃으며 진양의 두 손을 덥석 잡았다.

"진양이구나? 맞지?"

"맞습니다, 형님! 정말 오랜만입니다. 그간 잘 지내셨습니까?"

"나야 뭐 늘 그렇지. 그보다 너는 더욱 늠름해졌구나. 그렇잖아도 오늘 객당에서 일어난 일에 대해 네 공이 크다고 들었다. 천기당 내에서도 너에 대한 소문이 자자하더구나. 정말 네가 자랑스러워."

"소문은 늘 부풀게 마련 아니겠습니까? 전 별로 한 것이 없습니다. 그보다 이렇게 다시 만나게 돼서 정말 기쁘군요."

공소부도 연신 싱글벙글한 표정으로 고개를 끄덕였다. 그러다가 문득 진양의 뒤에 서 있는 아름다운 여인을 보고는 물었다.

"이분은……."

"아, 유설 낭자입니다. 저와 함께 왔습니다."

유설이 가볍게 목례하며 인사를 해 보이자 공소부도 꾸벅 인사했다. 그러더니 진양을 보고 불쑥 말했다.

"유 낭자와 너는 정말 잘 어울린다."

공소부는 두 사람이 연인 사이일 것이라고 지레짐작한 것이다. 그의 말에 진양과 유설이 동시에 얼굴을 붉히며 어색한 표정을 지었다.

그때 풍천익이 공소부를 향해 말했다.

"소부야, 너는 이들을 객당으로 안내하도록 해라. 그리고 음식도 함께 챙겨주도록 해라."

"알겠습니다, 풍 각주… 아, 아니, 련주님."

공소부가 얼른 꾸벅 허리 숙이며 인사했다.

진양이 풍천익을 돌아보고 죄송스런 표정으로 말했다.

"그럼 후배는 먼저 가보겠습니다. 련주님도 모쪼록 몸 상하지 않도록 조심하기 바랍니다."

"클클, 내 걱정은 말아라. 그보다 앞서 말한 것에 대해서 잘 생각해 보도록 해라."

"알겠습니다."

진양과 유설, 그리고 공소부는 다시 한 번 풍천익에게 인사를 건넨 뒤 천상궁을 빠져나왔다.

第五章
복잡한 마음

진양과 유설을 객당으로 안내한 공소부는 잠깐 동안 담화를 나눈 후 천기당으로 돌아갔다. 공소부의 마음 같아선 밤이 새도록 수다를 떨고 싶었지만, 여러 가지 사건을 겪느라 피곤했을 진양에게 부담을 주고 싶지 않았던 것이다.

진양은 위사령과 흑표 등 혈사채 무인들이 머무는 객당을 한번 둘러본 뒤에 밤늦게 침실로 돌아왔다. 침실 앞의 정원에는 언제 데려왔는지 흡혈마도 나무 곁에 매어 있었다. 진양은 흡혈마의 갈기를 쓰다듬으며 반갑게 인사를 나누고는 방으로 들어갔다.

하지만 침상에 누워 있어도 생각이 복잡해서 좀처럼 잠이 오지 않았다. 며칠 동안 고생을 한 뒤여서 몸이 천근만근 무거운데도 머릿속은 혼란하기만 했다.

'풍 각주님이 이제 막 련주가 되셨으니 여러 가지로 어려움이 많으실 거다. 그런데 내가 그분을 도와주지 않는다면 은혜를 저버리는 것이 아니겠나? 하지만 내가 과연 창천당의 임무를 맡아서 잘할 수 있을까? 게다가 그렇게 되면 유 낭자는 어떻게 한단 말인가? 그녀를 천상련에서 지내게 하는 것도 나만의 이기적인 생각일지도 모른다.'

이런저런 생각을 하다 보니 진양은 가슴이 답답하고 생각은 더욱 복잡해지기만 했다.

결국 그는 도저히 잠을 이룰 수 없을 것 같다는 생각에 자리를 박차고 일어났다. 그리고 방문을 열고 나가서 후원을 거닐었다.

마침 객당 후원에 작은 연못이 있었다. 진양은 그 근처의 바위에 걸터앉아 하염없이 잔잔하게 일렁이는 물결만 바라보았다.

구름을 벗어난 달이 수면을 비추자 연못 속에서 헤엄치는 물고기가 어렴풋이 보였다. 좁은 연못 속에서 이리저리 왔다 갔다 헤엄치는 물고기를 보고 있노라니, 진양은 문득 자신의 처지와 닮았다는 생각이 들어 피식 웃음이 흘러나왔다.

그때 문득 등 뒤에서 청아한 목소리가 흘러나왔다.

“피곤하실 텐데 왜 주무시지 않고 나와 계신가요?”

진양이 돌아보니 유설이 달빛 아래에 선녀와 같은 자태로 서 있었다. 그녀는 얼굴 가득 보름달처럼 환한 미소를 머금은 채 진양에게 다가왔다. 그러더니 불쑥 검을 뽑아 들고 진양의 목을 겨눴다.

진양이 어리둥절한 표정으로 바라보자 유설이 피식 웃었다.

“만약 곽연이 돌아와 당신을 죽이려고 했다면, 지금은 꼼짝없이 죽었을 거예요. 무슨 생각을 그리 깊게 하세요? 인기척도 느끼지 못할 만큼?”

그제야 진양도 가볍게 웃어넘기며 말을 받았다.

“살기가 느껴졌다면 또 다를지도 모르지요.”

“음. 그럼 살심을 한번 끌어올려 봐야겠군요.”

유설이 다시 검을 진양의 목에 바짝 들이밀었다. 그러고는 눈에 힘을 주며 진양을 빤히 노려보았다. 그 모습을 가만히 보고 있던 진양은 터져 나오는 웃음을 참지 못했다.

“하하하! 지금 뭘 하는 겁니까?”

“살심을 끌어올리는 중이에요.”

“지금까지 그렇게 귀여운 살심은 처음 봤소. 가장 방심하기 좋은 살심이니 가장 위험한 살심이겠군.”

그러자 유설도 방긋 웃으며 대꾸했다.

"그렇죠? 그러니 항시 조심하시라는 뜻이에요."

"하하하, 알겠소. 명심하겠소."

"그럼 이제 들어볼까요? 무슨 고민을 그토록 깊게 하셨는지."

"흐음, 글쎄……."

진양이 말을 꺼내지 못하고 우물거리자 유설이 빙긋 웃으며 말했다.

"제가 맞혀볼까요?"

"이젠 독심술까지 연마했소?"

"방금 연마했어요."

"지상 최고의 살기와 독심술이라……. 천하무적이군."

유설이 까르르 웃으며 대꾸했다.

"그럼 제가 독심술을 발휘해서 맞혀보죠. 지금 당신이 고민하고 있는 건… 천상련에 남아서 창천당주가 될까, 아니면 이대로 하산해서 스스로의 길을 갈까, 이 두 가지죠?"

진양이 빙그레 웃으며 고개를 끄덕였다.

"역시 굉장한 독심술이군. 바로 맞혔소."

사실 이 고민은 유설에게 말하기가 미안한 부분이 있었다. 그녀에게 말하게 되면 분명 자신의 존재가 짐이 될 거라고 여길 것이기 때문이다.

한데 지금 그녀가 먼저 이야기를 꺼내오니 진양은 별수 없이 솔직하게 대답한 것이다.

유설은 진양의 곁에 나란히 앉았다.

"그래서 당신은 결정을 내렸나요?"

"아직이오. 결정을 내렸다면 더 고민할 필요가 있겠소?"

"그건 모르죠. 사람은 돌이킬 수 없는 것에도 항상 미련을 두고 고민하는 동물이니까요."

"하긴 그럴 수도 있겠군."

"마음에 귀를 기울이세요. 그러다 보면 분명히 답이 나올 거라고 생각해요."

진양이 한숨을 내쉬었다.

"그러고 있지만, 마음속에서도 너무 많은 목소리가 들려서 탈이라오. 어떤 목소리는 은혜를 지켜서 보답을 하라 하고, 또 어떤 목소리는 의무감 따위는 던져 버리고 자유롭게 살라 하오."

"그중에서 가장 솔직한 감정은 뭐라고 생각하세요?"

"글쎄요. 사실 도의를 따지지 않고 욕망대로만 하자면 모든 것을 관두고 유 낭자와 함께 천중산을 내려가고 싶소. 그리고 무림의 일 따위는 신경도 쓰지 않고 조용한 곳에서 당신을 위해 살고 싶소."

진양의 목소리에는 진실함이 절절히 묻어 있었다. 유설은 갑자기 그런 이야기를 들으니 귓불까지 발갛게 달아올라서 시선을 외면하고 말았다.

그녀가 먼 산을 응시하며 더듬더듬 물었다.

"하지만 은혜를 갚고 도의를 지키고 싶은 것 또한 당신의 욕망이 아니겠어요?"

"그도 그렇겠지요."

"아버지께서는 예전에 제게 이런 말씀을 하신 적이 있어요. 항상 자신이 하고 있는 일에 대해서 자신감을 가지고 의심없이 추진하라고요. 그리고 그 일에 대해 확신이 들지 않을 땐 스스로에게 질문을 던져 보라고 하셨어요."

"어떤 질문이오?"

"내일 당장 내가 죽어도 그 일을 할 것인지. 만약 '아니'라는 대답이 나온다면 그 일은 그만두고 다른 일을 찾아보라고 하셨죠."

"아!"

진양은 그 순간 자리에서 벌떡 일어났다. 한순간의 깨달음이 밤하늘의 유성처럼 진양의 머릿속을 스쳐 지나간 것이다.

"그렇군! 과연 그렇소! 그런 간단한 이치를 모르고 있었다니! 고맙소, 낭자!"

진양은 갑자기 유설의 손을 덥석 잡았다.

유설은 진양이 이처럼 크게 감명받을 것이라곤 생각지 못했기에 다소 어리둥절한 표정이었다.

하지만 진양에게 도움이 됐다는 생각에 흐뭇한 마음이 들어 미소 지었다.

"결정하셨나요?"

"아뇨. 아직 결정하지 않았소. 하지만 곧 결정할 수 있을 거요. 그리고 이번 결정은 진정으로 내 마음의 심연에서 우러나오는 목소리를 따른 것일 거요. 어떤 결정을 내리든 오늘 밤은 깊이 잠들 수 있을 것 같소."

"그렇다면 다행이에요."

유설이 환하게 웃자 진양도 따라 웃었다.

"모두 낭자 덕분이오."

진양은 이 달빛 아래에 유설이 함께 있다는 사실이 무척 감사하게 느껴졌다.

두 사람은 말없이 서로 손을 잡고 후원을 거닐기 시작했다.

다음날 진양은 천상궁을 찾아가서 풍천익을 만났다.

풍천익은 천상궁의 대청에서 정좌를 한 채 운기조식을 하고 있었는데, 진양이 찾아오자 곧 운기를 멈추고 웃으며 일어났다.

"왔느냐?"

"덕분에 편히 쉬었습니다."

"클클, 이리 와서 앉아라."

풍천익이 진양을 탁자로 안내하며 자리에 앉았다. 두 사람이 가벼운 담화를 나누는 동안 시녀가 차를 내왔다.

풍천익은 진양에게 차를 권하며 넌지시 물었다.

"그래, 생각은 좀 해보았느냐?"

"예, 어르신… 아니, 련주님."

"클클, 나도 너에겐 련주라는 칭호가 어색하니 편한 쪽으로 부르도록 해라. 그건 그렇고, 어찌 결정을 내렸느냐?"

차를 한 모금 들이켠 풍천익이 진양을 물끄러미 바라보았다.

그런데 진양이 막 입을 열려고 할 때였다.

대청 밖에서 인기척이 들리더니 곧 송강의 목소리가 이어졌다.

"련주님, 안에 계십니까?"

"있소. 들어오시오."

풍천익의 대답에 송강을 비롯한 당주와 각주들이 대청으로 들어왔다. 그들은 진양을 보고 포권하며 예를 갖췄다.

"양 소협이 와 있었구려. 두 분 대화에 방해가 된 것은 아닌지 모르겠습니다."

풍천익이 고개를 저었다.

"아니오. 마침 잘됐소이다. 지금 막 어제 질문에 대한 답을 들으려던 참이오. 창천당주의 자리에 관한 이야기이니 모두 함께 들어봅시다."

진양은 모두의 시선이 자신에게 향하자 좀 부담스러운 마음이 들었지만 내색하지 않고 대답했다.

"어젯밤 여러 번 고민해 보았습니다. 련주님께서 저의 능력을 높이 평가해 주신 것에 대해서는 그저 감사할 따름입니다. 하지만 저는 창천당의 업무를 잘 이끌어갈 재목이 되지 못한다고 생각합니다. 다만 제가 그 일을 두고 고민한 이유는 한때나마 은혜를 받은 어르신의 부탁이라 도의상 저버릴 수가 없었던 것입니다."

"흐음……. 그래서 결정은 어찌 내렸는가?"

풍천익이 재차 질문을 던지자 진양이 돌연 큰절을 올렸다. 대청에 모인 사람들이 어리둥절한 표정으로 서로를 번갈아보았고, 풍천익도 영문을 몰라 고개를 갸웃거렸다.

바닥에서 일어난 진양이 풍천익을 향해 말을 이어갔다.

"어르신께 받은 은혜는 평생 동안 제게 큰 빚이 될 것입니다. 언제나 어르신께 힘을 드릴 수만 있다면 최선을 다하겠습니다. 하지만 이번만은 창천당주의 자리를 받을 수가 없으니 너른 마음으로 이해해 주십시오."

뜻밖의 대답에 풍천익은 이맛살을 슬쩍 구겼다.

그는 진양이 자신의 제안을 당연히 받아들일 것이라고 여긴 것이다.

송강을 비롯한 다른 무인들도 생각 밖의 대답인지라 서로를 바라보며 수군거렸다.

송강이 안타까운 표정으로 물었다.

"양 소협, 그 이유를 들어보아도 되겠소?"

"창천당주 자리는 제가 아니라도 맡을 수 있는 유능한 사람이 분명 있을 겁니다. 하지만 제가 가고자 하는 길은 그 어떤 누구도 대신할 수 없습니다. 그건 제 길이니까요. 이유를 물으신다면 그저 저의 길을 갈 생각이라고 답변 드려야겠군요. 죄송합니다."

"도대체 양 소협이 가고자 하는 길이 무엇이오?"

진양이 빙그레 웃으며 말했다.

"사실 별로 거창한 것은 아닙니다. 저는 유 낭자와 함께 조용한 곳에 터를 잡고 서에 학당을 차릴 생각입니다."

"하지만 천의교 녀석들이 양 소협을 가만히 내버려 두지 않을 것이오."

"그럴 수도 있겠죠. 하지만 그런 것이 두려워 천상련에 남으려는 것은 더욱 해서는 안 될 일이지요."

진양은 시종 담담한 표정으로 부드럽게 대꾸했다.

하지만 대청에 모인 모든 사람들은 그의 생각이 확고하다는 것을 알 수 있었다.

사실 진양은 지금껏 남을 위해서 자신을 희생해 왔다. 임패각의 만남이 진양에게 큰 영향을 끼쳤기 때문이다.

하지만 어젯밤 진양은 새로운 깨달음을 얻었다. 의로운 삶에 대해서 다시 한 번 생각하게 됐고, 대의를 위해서 해야 할 일이 무엇인지 고민하게 됐다.

그 결과 이제부터는 남의 사정에 휩쓸리지 않고 자신의 마음부터 돌아보기로 한 것이다.

풍천익은 진양을 물끄러미 바라보다가 툴툴 웃음을 흘렸다.

"널 어제 처음 보았을 땐 많이 변했다고 생각했다가 나중에는 별로 변한 게 없다고 느꼈지. 한데 오늘 다시 보니 제법 어른스럽게 변했구나. 좋다, 네 생각을 존중해 주마."

"이해해 주셔서 감사합니다."

"그럼 언제 내려갈 생각이냐?"

"오늘 바로 내려갈 생각입니다."

"그리 서둘 필요가 있느냐? 그동안 고생이 많았을 텐데 좀 더 쉬었다 가지 않고."

"아닙니다. 어차피 혈사채의 도움도 받은 마당이라 마냥 여기에 있을 수만도 없습니다. 게다가 지금 천상련은 상을 치르는 중이니 더욱 신세를 끼칠 순 없지요."

"알았다. 정히 그렇다면 몸조심하도록 해라."

"참, 한 가지 더 말씀드릴 것이 있습니다."

"무엇이냐?"

진양은 품에서 책자 하나를 꺼냈다. 책 표지에는 '북명패검(北明覇劍)' 이라는 글씨가 새겨져 있었다.

사람들의 표정이 흠칫 떨렸다.

풍천익이 진양을 보며 물었다.

"이건 천보각에 보관되어 있던 것이 아니냐?"

"맞습니다. 사실 어제 천보각을 빠져나오면서 유 낭자가 가지고 나온 것입니다. 아직 책을 펼쳐 보진 않았습니다. 다만 위기의 순간이 오면 그 책을 이용할 생각이었는데, 뜻밖에도 일이 무사히 풀리게 되어 다시 돌려 드리는 것입니다."

그러자 송강이 나서서 말했다.

"양 소협은 참으로 의협이구려. 만약 그 책을 말없이 가져갔다고 하더라도 본 련에서는 한동안 몰랐을 거요. 요즘처럼 경황이 없을 때이니 더욱 그랬을 거요. 한데도 이렇게 양심껏 돌려주니 크게 감동했소이다."

"당연한 도리를 했을 뿐입니다."

풍천익이 책자를 물끄러미 보다가 진양에게 시선을 돌렸다.

"너는 이 무공이 얼마나 대단한 것인지 모르느냐?"

"사실 저는 잘 모르고 있었습니다만, 유 낭자가 박식하여 그녀에게 어느 정도 들어 알고 있습니다."

"한데도 이걸 순순히 돌려준단 말이냐?"

"원래 천상련의 것이니까요."

"허참, 네놈은 알다가도 모르겠구나."

풍천익이 고개를 절레절레 저었다.

풍천익뿐만 아니라 이 자리의 모든 무인들이 진양의 사람됨에 깊이 감명을 받고 있었다.

그때 동소립이 불쑥 나서며 말했다.

"련주님, 이럴 것이 아니라 북명패검의 비급을 양 소협께 선물하심이 어떻습니까?"

그러자 송강이 손뼉을 짝 치며 동의했다.

"그것참 좋은 생각이오. 련주님, 그리하시지요. 엄밀히 따지면 북명패검이 천상련의 것이라고 할 수는 없지요. 칠절매화검이 화산파의 무공인 것처럼 말입니다. 한데 그 북명패검을 양 소협이 가져갔으니 이제 그 주인은 양 소협이 아니겠습니까?"

그러자 주위의 사람들이 고개를 끄덕이며 동의하는 뜻을 나타냈다. 물론 그중에는 지나치게 진양을 배려하는 이 분위기를 못마땅하게 여기는 자들도 있었다.

하지만 천상련의 실권이 풍천익을 비롯한 각주들 중심으로 무게가 실리고 있으니 대충 분위기를 맞춰줄 수밖에 없었다.

결국 풍천익도 고개를 끄덕이며 말했다.

"여러 사람의 뜻이 그러하니 이 비급은 네가 가지도록 해라. 아니, 유 낭자에게 돌려주도록 해라."

"하지만……."

"괜찮다. 어차피 너희가 천보각에 갇히게 된 것도 다 우리 책임이니 그 보상이라고 생각해라."

이쯤 되자 진양도 더는 거절할 수 없어서 머리를 깊이 숙였다.

"어르신의 배려에 진심으로 감사드립니다. 이 은혜, 꼭 잊지 않겠습니다. 여러분 모두 감사드립니다."

진양이 일일이 사람들을 돌아보며 예를 갖추자, 저마다 흐뭇한 표정으로 진양을 보았다.

대략의 인사를 끝낸 진양은 다시 객당으로 돌아와 일행을 챙겼다. 진양이 일행과 함께 천상련을 나서자 풍천익을 비롯한 무인들이 입구까지 나와 배웅해 주었다.

날씨는 쾌청하고 늦여름의 더위가 기승을 부렸다. 진양 일행은 천중산을 내려온 뒤에 서로 작별 인사를 나누었다.

"혈사채에는 여러모로 신세를 졌습니다. 제가 마땅히 혈사채를 찾아가서 채주님께 답례를 드리는 것이 마땅하나, 지금은 찾아가 봐야 또 신세만 지게 될 뿐인지라 이쯤에서 인사를 드릴까 합니다. 후에 반드시 혈사채를 찾아가 이번에 받은 은혜에 대해서 보답하도록 하겠습니다."

진양의 말에 위사령이 양손을 내저으며 말했다.

"무슨 소리를 그리 섭섭하게 하시오. 우리 혈사채야말로 양 소협에게 큰 은혜를 받지 않았소? 그에 대한 보답일 뿐이오. 게다가 그러고도 양 소협의 은혜는 다 갚지 못할 지경이니, 우리 혈사채가 앞으로도 더욱 양 소협을 돕기 위해 성심성의를 다할 것이오. 그러니 언제라도 혈사채의 힘이 필요하시거든 연락을 주시기 바라오."

"위 선배님의 배려에 양 아무개가 감개무량할 따름입니다. 정말 감사드립니다."

진양이 큰절을 올리자 위사령을 비롯한 혈사채 무인들이 저마다 맞절을 올리며 답례했다.

위사령 일행이 떠나가자 흑표가 진양을 돌아보며 말했다.

"난 이미 양 형과 함께하기로 마음을 굳혔으니 작별 인사는 필요없소."

"감사합니다, 흑 형님."

진양이 빙그레 웃으며 답했다.

세 사람은 천중산 아래에 있는 자그마한 객점에 들러 점심을 먹기로 했다. 한데 객점에 도착하고 나니 여느 때와 달리 많은 사람들로 북적이고 있었다. 저마다 허리춤에는 장검이나 도를 차고 있었고, 어떤 이는 기다란 창을, 또 어떤 이는 커다란 활을 메고 있었다.

무기를 가지고 있지 않는 사람들일지라도 뿜어내는 기운이 예사롭지가 않은 것이 틀림없이 무인들인 듯했다.

진양 일행은 무슨 까닭으로 이렇게 많은 무인들이 작은 객점에 모였는지 알 수가 없었지만, 그들의 이야기를 엿듣고는 무릎을 탁 쳤다.

이들은 모두 천상련의 냉 련주가 사망했다는 소식을 접하고 조문을 가는 무인들이었던 것이다. 객점의 분위기는 냉랭했는데 그럴 수밖에 없는 것이, 정파의 무인들과 사파의 무인들이 구분 없이 섞여 있었기 때문이다.

진양은 그동안 무인들 틈에 섞여서 신물이 나도록 온갖 사건을 겪은 터다. 그래서 가급적이면 무인들이 보이지 않는 곳으로 가고 싶었다.

결국 진양 일행은 발길을 돌려 다른 객점으로 향했다. 한데 발 없는 말이 천 리를 간다더니, 가는 곳곳마다 천상련을 찾아가는 조문객들로 꽉 차 있는 것이 아닌가.

진양 일행은 어쩔 수 없이 만두와 육포 등의 음식을 싸가지고 가기로 했다.

객점을 나선 그들은 남쪽으로 줄곧 걸어가다가 개울가에

다다라서 음식을 먹기로 했다.

유설이 따끈따끈하게 데워진 만두를 꺼내며 물었다.

"이제 어디로 갈 건가요?"

"사실 한 군데 생각해 둔 곳이 있소. 두 분이 마음에 드실지 모르겠소."

"그게 어디죠?"

"대별산이오."

"대별산요?"

유설은 대별산이라는 곳을 들어본 적이 없었기에 고개를 갸웃거리며 물었다.

진양이 입가에 그리움이 담긴 미소를 머금은 채 고개를 끄덕였다.

"어릴 적 내가 지내던 곳이라오. 그곳엔 학립관이 있소."

그제야 유설도 들은 이야기가 기억나서 '아!' 하고 탄성을 터뜨렸다.

진양이 말을 이었다.

"우선 학립관을 찾아간 다음 관주님께 오랜만에 인사를 올리고 싶소. 그리고 그 근처에서 우리도 학당을 차리는 것이 어떨까 싶소."

"나쁘지 않네요."

유설도 빙그레 미소 지으며 대답했다.

음식을 전부 먹은 후 세 사람은 다시 길을 떠날 준비를 했다. 그런데 막 걸음을 옮기려고 할 때였다. 개울 아래쪽에서 병장기 부딪치는 소리와 함께 기합 소리가 들려왔다.

진양 일행은 여기까지 오는 동안에도 무수한 무인들을 지나쳤기 때문에 틀림없이 저 아래에서 무인들끼리 싸움이 난 것이라고 생각했다.

평소 같았다면 진양이 얼른 달려가 보겠지만, 요 며칠 싸움이라면 질리도록 보고 겪지 않았던가?

진양은 얼른 자리를 피하고 싶은 마음뿐이었다.

그가 못 들은 척하며 길을 재촉했다.

"자, 갑시다."

"잠깐만요. 무슨 소리가 들리지 않아요?"

유설이 눈치없이 불쑥 말했다.

그제야 진양도 어쩔 수 없이 귀를 기울이는 척하며 대꾸했다.

"싸우는 소리 같군요."

"누가 싸우는 것일까요?"

"글쎄요. 누군들 우리와 상관없지 않겠소? 괜히 방해하지 말고 떠납시다."

"하지만 부당한 싸움이라면 우리가 나서서 도와줘야 하지 않을까요?"

유설의 말에 진양은 할 말이 없어졌다.

순간 자신의 마음을 알아주지 못하는 유설이 못내 원망스럽기까지 했다.

'아직 모르겠소? 나는 또 당신이 이상한 사건에 연루되는 것이 싫단 말이오.'

하지만 영롱하게 빛나는 유설의 눈동자를 보고 있자니 진양은 또 다른 생각이 들었다.

'나는 정말 유 낭자를 위해서 이런 생각을 한 것인가? 아니다. 오히려 나 자신이 편하고 싶어서 그런 게 아닌가. 내가 짊어져야 할 짐을 유 낭자에게 떠넘기는 것일 뿐이다. 유 낭자는 무슨 일이 있어도 내가 지키면 될 일이다.'

진양은 생각을 바꾸고 걸음을 옮겼다.

"한번 가봅시다. 무슨 일인지."

진양 일행이 개울을 따라 조금 걸어 내려가니, 과연 밝은 햇살 아래에서 서로 도검을 겨루고 있는 세 명의 무인이 있었다. 먼발치에서 보니 한 명은 여자였는데, 두 남자가 여인 한 명을 공격하는 형국이었다.

이 모습을 보고 가장 분노한 사람은 물론 유설이었다.

그녀는 요즘 여러 사건을 겪으면서 굉장히 예민해져 있었다. 그런 차에 남자 두 사람이 여인 한 명을 집중 공격하는 것을 보고 있으니 저도 모르게 울화가 치밀어 앞뒤 상황을 따지지도 않고 몸을 날려갔다.

"엇? 기다리시오!"

당황한 진양이 얼른 뒤따라가며 소리쳤지만, 유설은 그 말이 들리지도 않는 듯했다.

사실 유설은 지금 이 순간 홀몸으로 두 남자를 상대하는 여인을 보면서 곽연이 자신을 강제로 납치해 오던 상황이 떠올랐던 것이다.

유설이 싸움터까지 다다라서는 큰 소리로 외쳤다.

"남자 두 명이 여인 한 명을 공격하다니, 부끄러운 줄을 아시지!"

그러자 한창 공격을 퍼붓고 있던 두 남자 무인이 흠칫 떨며 물러났다.

그들은 유설을 돌아보더니 한 남자가 냉랭하게 소리쳤다.

"누구냐? 엇? 넌… 넌… 누구였더라?"

키가 작은 무인이 머리를 긁적이며 말하자, 그 곁에 선 키가 큰 무인이 싱글싱글 웃으며 말했다.

"오랜만입니다, 유 낭자."

그러자 키 작은 무인이 고개를 갸웃거리고 중얼거렸다.

"유 낭자? 유 낭자라고? 아우야, 넌 저 처자를 아느냐?"

"형님, 같이 보지 않았소? 저분이 바로 금룡표국의 유 낭자가 아닙니까?"

"금룡표국? 아! 그 검법을 보여 달랬더니 검무 따위나 추고 있었던 그 유설이라는 계집아이를 말하는 것이냐? 그러고 보니 맞구나!"

"검무라니요. 그건 정말 훌륭한 검법이었습니다."

"흥! 그딴 게 검법이면 내가 손짓만 해도 장법이 되겠구나!"

"하하! 그럴지도 모르겠군요. 형님의 장법 역시 고명하니까요."

"흥! 아무리 그렇다고 해도 손짓 한 번이 어찌 장법이 되겠느냐? 그럼 내가 밥을 어찌 떠먹겠느냐? 숟가락을 잡으려고만 해도 부서질 텐데!"

"하하! 그도 그렇군요. 형님의 손짓 한 번이 장법이 될 수는 없겠네요."

"흥! 그래도 월야검법이라는 검무보다는 백번 낫겠지!"

"에이, 월야검법도 훌륭했습니다."

"아니라니까!"

두 무인은 쉴 새 없이 티격태격했다.

이쯤 되자 유설도 그들이 누군지 알아볼 수 있었다.

그들은 바로 지난번 금룡표국의 연회에 찾아왔던 사상이괴였던 것이다.

진양과 흑표가 다가왔을 때까지도 사상이괴는 서로 티격

태격 다투고 있었다.

그때 그들과 싸우고 있던 여인이 사상이괴를 보며 차갑게 소리쳤다.

"싸울 거예요, 말 거예요?"

그러자 키가 작은 서요평이 불쑥 소리쳤다.

"싸운다! 당연히!"

그러자 서운지가 고개를 설레설레 저으며 말했다.

"이쯤에서 그만둡시다. 낭자의 무공은 실로 고명했소. 불초 서 아무개에게 큰 배움이 됐소."

"흥! 배움이 되긴 뭐가 돼? 난 하나도 못 배웠다! 오히려 내가 가르쳐 줬지!"

"그럼 그것대로 좋지 않겠수? 형님, 그만합시다."

"싫다! 네가 공격하지 않는다면 나 혼자 공격하겠다!"

말을 마친 서요평이 갑자기 몸을 훌쩍 날리더니 시퍼런 검광을 뿜어대며 휘둘렀다. 여인이 얼른 뒤로 물러나면서 피하자, 이번에는 어느새 등 뒤로 다가온 서운지가 그녀의 옆구리를 베어 들어갔다.

그 움직임이 너무나 깔끔하고 군더더기가 없었기에 지켜보는 사람들은 여인의 운명이 이제 끝이 났다고 판단했다.

지켜보던 진양 일행은 저마다 비명을 터뜨렸다.

"앗!"

하지만 정작 여인만큼은 크게 놀라지 않는 듯 몸을 비스듬히 틀었다.

그렇다고 해도 서운지의 검을 피할 수는 없었다.

한데 검이 살갗을 베는 대신 검의 옆면이 그녀의 허리를 '찰싹!' 때리고 지나가는 것이 아닌가?

무엇이든 긍정적으로 보고 생각하는 서운지는 여인을 죽이고 싶은 마음이 별로 없었던 것이다. 때문에 지금까지 몇 번이나 그녀를 벨 수 있는 기회가 있었지만, 그때마다 번번이 여인을 베지 않고 지금처럼 검의 옆면으로 툭툭 치는 정도였다.

처음에는 여인 역시 몹시 자존심이 상했지만, 시간이 흐를수록 이 두 사람이 함께 공격하면 자신이 도무지 이길 방도가 없다는 것을 알았다. 그 후에는 서운지의 이러한 배려를 기분나쁘게 생각하기는커녕, 한편으론 감사하게 여기기까지 했다.

하지만 여인의 무공 역시 만만치 않았다.

실제로 이 두 사람의 협공 수준은 천하에서 제일가는 무인이라 할지라도 당해내기 어려울 정도였다. 그러한 것을 감안했을 때, 여인의 검술은 실제로 정교하고 오묘했다.

여인은 서운지가 자신을 죽이지 않는다는 것을 알았기에 모든 공방을 서요평에게만 집중하고 있었다.

한편 진양은 이들의 싸움을 지켜보면서 여인의 모습이 어딘지 낯이 익다는 생각이 들었다. 그러다가 불현듯 그의 머릿속을 스치는 생각에 불쑥 소리쳤다.

"소 낭자!"

여인은 갑자기 누군가 자신의 이름을 부르자 깜짝 놀라 돌아보았다. 서요평은 바로 그 틈을 놓치지 않고 재빨리 검을 휘둘러 갔다.

"흥! 어르신을 상대하면서 허술하기 짝이 없구나!"

여인이 얼른 정신을 차리고 방어 자세를 취했지만, 이미 상대의 검이 가슴 앞까지 날아든 상태였다. 그녀는 가까스로 몸을 눕히며 검을 앞세웠는데, 서요평의 검과 부딪치는 순간 숨이 턱 막히고 전신이 찌르르 울렸다.

깡!

청명한 금속성이 울리면서 여인이 뒤로 다섯 걸음이나 물러났다. 급히 방어하는 데는 성공했지만 내기를 상하는 바람에 울컥 핏물이 목구멍까지 치밀어 올랐다.

그녀는 여러 사람 앞에서 피를 토하는 것이 수치스럽다고 여겨 올라오는 핏덩이를 꿀꺽 삼켰다.

그러는 사이 서요평이 바닥을 박차고 순식간에 여인 앞까지 날아들었다.

그때였다.

"잠깐!"

어느새 진양이 번개처럼 몸을 날리더니 서요평을 향해 수호필을 휘둘렀다. 도날처럼 빳빳하게 선 은잠사 붓털이 서요평의 검날과 부딪치자 '깡!' 쇳소리가 울리면서 불티가 휘날렸다.

서요평이 뒤로 주룩 미끄러지며 멈췄다.

"감히 어르신을 방해할 셈이냐?"

"후배가 무례했다면 용서하십시오. 하지만 이 여인은 저와 인연이 있어 도저히 모른 척할 수가 없었습니다. 괜찮으시다면 사상이협께서는 어째서 소 낭자와 싸우시는지……."

"네놈에게 해명할 이유가 없다!"

서요평이 날카롭게 소리치며 다시 달려왔다.

그 기세가 대단히 사납고 거칠었기에 관전자들이 깜짝 놀라서 소리쳤다.

"조심해요!"

"조심하시오!"

흑표가 얼른 나서려는데, 그보다 한발 앞서 진양의 몸이 번쩍하고 움직였다.

다음 순간 진양은 서요평의 등 뒤로 바람처럼 돌아가더니 수호필을 가로로 후렸다.

서요평이 깜짝 놀라 몸을 뒤틀며 검을 거꾸로 세우며 막았다.

그러나 그 순간 진양의 수호필은 곧게 내뻗어지며 일검을 내찔렀다. 뒤늦게 서요평은 그것이 찌르는 검법이라는 것을 알아채고 훌쩍 물러났지만, 이미 진양의 검은 명치의 요혈을 노리며 깊이 들어온 상태였다.

'헉! 이 녀석의 무공이 과연 대단하구나! 도대체 어디서 갑자기 이런 놈이 나타난 거지?'

서요평과 서운지는 진양을 알아보지 못했다.

일전에 금룡표국에서 만났을 때의 진양은 중년인으로 변장을 한 상태였고, 지금은 본연의 모습이었기 때문이다.

어쨌거나 서요평은 이제 진양의 필봉에 운명을 내맡겨야 할 상황이었다.

만약 진양이 혼신의 힘을 다해 찌른다면 목숨을 잃을 테고, 손속에 사정을 둔다면 죽음은 면할 것이다.

물론 어느 쪽이 되었든지 서요평에게는 굉장히 치욕적인 일이었다. 때문에 매사에 부정적인 그는 진양이 손속에 사정을 두어 살아남는다고 해도 스스로 목을 베고 죽을 작정이었다.

그런데 그때 그의 옆에서 검광이 번쩍이더니 쇠붙이 하나가 화살처럼 날아들었다.

따앙!

동시에 붓이 튕겨 나가면서 진양의 몸이 휘청 흔들렸다. 도중에 끼어들어 수호필을 막아낸 사람은 다름 아닌 서운지였다.

그는 진양의 내력을 고스란히 받아냈기 때문에 옆으로 다섯 걸음이나 휘청거리며 물러나야 했다.

가까스로 중심을 잡고 선 그가 안면 가득 미소를 그리며 감탄했다.

"대단하오! 대단하오! 정말 감복했소! 실례가 아니라면 귀하의 존함을 여쭈어도 괜찮겠소?"

"흥! 운이 좋았던 거지 대단하긴 뭐가 대단하다는 거냐?"

서요평이 불만 섞인 말을 내뱉었지만 더는 끼어들지 않았다. 아무리 그라고 하더라도 이번만큼은 동생 때문에 체면이 깎이지 않았고, 목숨도 잃지 않은 것이 아닌가?

진양도 얼른 포권을 취하며 말했다.

"후배, 양진양이라고 합니다. 일전에 금룡표국에서 두 선배님들을 뵌 적이 있지요. 그때 제가 사소한 사정이 있어 중년인으로 변장을 하고 있었습니다. 그래서 두 분께서 절 기억하지 못하시는 것 같습니다."

서운지가 무릎을 탁 치며 말했다.

"그렇군! 그랬어! 혹시 양 소협께서는 유 낭자를 대신해 월야검법을 펼치지 않았소? 그러고 보니 그 붓도 바로 그때의 것이로군. 과연 양 소협의 무공은 천하제일이라 할 만하오."

"아닙니다. 선배님의 그런 과찬은 후배가 감당하기 어렵습니다."

"하하하! 양 소협은 겸손하기까지 하군. 한데 방금 보인 그 검법은 무엇이오? 마치 베는 듯했으나 찔러 들어왔고, 아래에서 위를 향하는 듯했으나 위에서 아래로 떨어지지 않았소? 그런 훌륭한 검초는 지금껏 처음 보았소이다."

"방금 제가 사용한 것은 화산파의 석 장문인께서 만드신 검초로 도영매화라 들었습니다. 다만 불초 후배가 그 초식이 너무나 훌륭하여 어줍게나마 흉내만 내보았을 뿐입니다."

"도영매화라……. 과연 화산파의 명성이 헛된 것이 아니로군. 흉내를 낸 것이 이 정도라면 정말 무서운 검초일 것이오."

그때 상황을 지켜보고 있던 여인이 진양을 보고 고개를 갸웃거리더니 물었다.

"방금 양진양… 이라고 했나요?"

진양이 돌아보니 아름다운 외모의 여인이 자신을 빤히 바라보고 있었다.

진양이 포권하며 말했다.

"오랜만에 뵙소, 소 낭자. 그간 무탈하셨소? 매 선배님은 안녕하신지요?"

그제야 여인도 진양을 바로 알아볼 수 있었다.

그녀는 바로 예전에 진양과 절벽 길에서 검을 겨룬 적이 있는 소담화였던 것이다.

그녀는 진양을 보자 반가운 마음이 들면서도 그 곁에 유설처럼 아름다운 여인이 있는 것을 보자 어쩐지 씁쓸한 마음이 들었다.

"오랜만이네요. 사부님은 잘 계세요."

"한데 지금은 함께 있지 않으신가 보군요."

"사부님과는 천상련에서 만나기로 했어요. 우리는 천상련에 조문을 가는 길이거든요."

"그렇군요. 그런데 어쩌다가 여기 두 선배님과 무예를 겨루게 되셨소?"

소담화는 진양이 그들을 가리켜 '선배님'이라고 부르자 영 듣기가 거북했다. 때문에 쌀쌀맞은 눈초리로 사상이괴를 쏘아본 뒤 툭 던지듯 말했다.

"당신은 어째서 저 좀도둑들을 선배님이라고 부르는가요?"

그 말에 서운지는 멋쩍은 표정으로 너털웃음만 터뜨렸고, 서요평은 발끈해서 소리쳤다.

"저, 저 망할 계집을 봤나? 좀도둑이라니? 우리가 어째서 좀도둑이란 말이냐?"

"당신들이 내가 식사를 하는 동안 내 검을 가져가려고 하지 않았나요?"

"흥! 누가 그딴 고철 따위에 관심이나 둔다더냐?"

"그럼 어째서 고철 따위를 가져가려고 한 거죠?"

"글쎄, 그딴 고철 따위에는 관심도 없다니까! 가져가려고 한 적 없다!"

그러자 소담화가 서운지 쪽을 돌아보며 쏘아붙였다.

"그럼 그쪽이 말해보시죠? 정말로 내 검을 가져가려고 하지 않았나요?"

이렇게 되자 진양을 비롯한 일행은 내심 놀라고 말았다. 이들 사이에 문제가 일어났다면, 그 문제를 일으킨 장본인은 반드시 서요평일 것이라고 짐작한 것이다.

한데 그녀의 화살이 오히려 서운지에게 향했으니, 모두들 의아한 표정으로 그를 바라보았다.

서운지가 뒤통수를 긁적이며 다시 너털웃음을 터뜨렸다.

"허허허! 낭자, 그건 오해였소."

"오해? 식사하는 동안 제 물건에 말도 없이 손을 댄 것이 사실인가요, 아닌가요? 그것부터 말씀해 주시죠?"

"허허, 그건 사실이오."

"자! 이래도 오해인가요? 이 부끄러운 줄도 모르는 좀도둑들!"

"뭐야? 이 멍청한 계집이! 난 그딴 고철엔 관심도 없다니까!"

"당신이 관심있든 없든 당신 동생이 훔쳐 갔으니 하는 말이죠!"

"내 동생도 훔쳐 가지 않았어! 손도 안 댔어!"

그러자 서운지가 얼굴이 발갛게 달아올라서 서요평의 소매를 잡아당겼다.

"형님, 손은 댔수다."

"이 멍청아! 그걸 왜 인정하느냐? 네가 정말 훔치려고 한 것도 아닌데? 그냥 딱 잡아떼면 될 것이지!"

"손을 댄 건 사실인데 어찌 거짓말을 합니까?"

"도대체 넌 융통성이 없구나!"

두 사람이 옥신각신하는 것을 보면서 진양이 주춤주춤 나섰다.

"저… 두 선배님 말씀 중에 죄송합니다만……."

"죄송하면 말을 하지 마라!"

"아, 예."

진양이 고개를 조아리며 물러가자 서운지가 얼른 말했다.

"아니오. 말씀하시오, 양 소협."

"그럼… 한 가지 여쭙겠습니다. 선배님께서는 정말 소 낭자의 검을… 그러니까… 훔치려고 하신 건지요?"

"허허, 그건 정말 아니외다."

"그럼 어째서……."

서운지가 장탄식을 흘리고 나서 말했다.

"우리는 천상련에 조문을 가는 길이었소. 그러다가 객점에 들렀는데, 옆자리에 아름다운 여인이 앉아 있는 것이 아니겠소? 한데 그녀의 검은 더욱 아름다워 보이더군. 검사로서 그 검을 한번 보고 싶었을 뿐이오. 그 순간 나도 모르게 그녀의 검을 집어 들었소."

"멍청아! 그러게 넌 매사에 너무 조심성이 없다는 거다! 넌 너만 좋다면 남도 좋게 생각할 줄 아는 게 탈이다!"

서요평이 불쑥 나서서 서운지를 호되게 나무랐다.

진양 일행은 그제야 사정이 어찌 됐는지 알 수 있었다. 소담화의 입장에서는 검을 훔치려는 좀도둑처럼 보였을 수도 있으리라.

'매사를 지나치게 쉽고 편하게만 생각하는 것도 문제로군.'

진양은 웃지 못할 이 사건을 두고 자신이 어떻게 개입해야 할지 난감했다. 다만 사소한 오해에서 비롯된 것이 확실한 만큼 안타까운 마음으로 소담화에게 말했다.

"소 낭자, 서 선배님의 말씀은 거짓이 아닐 겁니다. 아무래도 오해가 있었던 것 같습니다."

이쯤 되자 소담화도 아까의 기세를 한풀 꺾고 시선을 외면했다.

사실 그녀로서도 사상이괴와 싸우면서 뭔가 오해가 있었으리라 여긴 것이다. 이처럼 고명한 검술을 구사하는 두 고수가 한낱 자신의 검을 훔치는 질 낮은 행동을 할 것 같지는 않았던 것이다.

그런 차에 진양이 나타나서 그들의 말에 무게를 실어주니 소담화로서도 더 이상 몰아붙이지는 않았다.

그녀는 사상이괴를 한 번씩 더 쏘아보고 나서 냉랭하게 말했다.

"만약 이 자리에 우리 사부님이 계셨다면 당신들을 그냥 용서하지 않았을 거예요! 운이 좋은 줄 아세요!"

"닥쳐라! 너야말로 운이 좋은 줄 알아라! 네가 날 용서하는 게 아니라 내가 널 용서하는 줄 알아라!"

"흥!"

"나도 흥이다!"

소담화는 입술을 질끈 씹으며 서요평을 바라보았지만, 더 이상 아무런 행동도 취하지 않았다.

그때 서운지가 쭈뼛쭈뼛 나서며 어렵게 입을 열었다.

"저… 낭자, 죄송하지만 그 검을 한번 구경할 수 있겠소?"

뜻밖의 요구에 소담화는 눈을 동그랗게 뜨고 그를 보았다.

이 난리를 피우고도 저런 소리가 나온단 말인가?

한편으로는 그럼에도 끝내 검을 보고자 하는 그의 마음에 감복하는 면도 없지 않았다.

사실 소담화의 검은 사부인 매지향이 직접 선물한 것으로, 천하의 보검이라 할 만했다. 어중이떠중이 검사들은 이런 진품을 알아보기가 쉽지 않겠지만, 평생을 검술만 연마한 서운지로서는 그녀의 검이 얼마나 훌륭한 것인지 바로 알아본 것이다.

다만 서요평은 매사에 부정적이라 그 검의 가치조차도 부정한 것이고, 서운지는 지나치게 대단한 보검으로 추켜세우는 면이 없지 않았다.

어쨌거나 상황이 이렇게 되자 소담화는 조금은 우쭐한 마음이 들었다. 그녀가 턱을 치켜들고는 큰 은혜라도 베푸는 양 말했다.

"좋아요. 아주 잠깐이라면 보게 해드리죠. 하지만 허튼짓을 한다면 절대 용서하지 않을 거예요."

그러자 서요평이 또 나섰다.

"에라이! 집어치워라! 그딴 고철 따위 보기 싫다!"

"형님, 그러지 말고 구경이나 좀 해봅시다."

"흥! 보려면 너나 봐라!"

서운지는 씁쓸하게 웃으며 소담화에게 다가왔다.

"고맙소, 낭자."

소담화는 검봉을 돌려서 서운지에게 건넸다.

소담화의 검을 잡은 서운지는 이리저리 휙휙 저어보았다. 바람을 가르는 예리한 소리가 매끄럽게 이어지니, 보는 사람들마다 그의 검술 실력이 예사롭지 않다는 것을 간접적으로나마 느낄 수가 있었다.

서운지는 검을 들고 이것저것 검초를 펼쳐 보였다. 그 검초들이 모두 군더더기가 없고 변화가 막측하여 관전자들은 모두 탄성을 터뜨렸다.

까다로운 서요평도 동생의 검술만큼은 부정할 수 없었는지 거만한 태도로 고개를 끄덕였다.

그런데 그때였다.

갑자기 북동쪽에서 새하얀 그림자가 화살처럼 날아드는 것이 아닌가?

모두 깜짝 놀라서 외마디 비명을 터뜨렸다.

"앗!"

백조처럼 새하얀 옷을 입고 나타난 사람은 아리따운 여인이었는데, 그녀는 우아한 곡선을 그리더니 곧이어 서운지를 향해 검날을 강하게 내려쳤다.

서운지 역시 어쩔 수 없이 소담화의 검을 들어 낯선 여인의 검을 막아냈다.

깡!

금속성과 함께 불꽃이 터져 나왔다.

뒤늦게 여인을 알아본 소담화가 반가움에 소리쳤다.

"사부님!"

그랬다.

그녀는 바로 소담화의 사부인 십지독녀 매지향이었던 것이다.

그녀의 갑작스런 등장에 서요평이 화가 나서 달려들었다.

"웬 잡년이냐?"

그 말에 화가 난 매지향이 돌연 몸을 뒤채더니 서요평을 향해 검을 곧게 찔러 들어갔다. 이를 본 서운지가 화들짝 놀라며 곧바로 그 뒤를 향했다.

"안 돼!"

서요평은 몸을 돌개바람처럼 회전시키며 매지향의 검을 쳐냈다. 그 순간 매지향은 오른쪽으로 휘릭 돌아서면서 검을 왼손으로 옮겨 잡았다. 그리고 오른손을 그대로 뻗어 바짝 다가선 서운지의 어깨를 콱 움켜잡았다.

두 사람의 거리가 가까웠던지라 서운지의 검이 닿기도 전에 매지향의 손이 그에게 먼저 닿은 것이다. 게다가 서운지는 매지향을 해칠 생각이 없었기에 그대로 그녀에게 당할 수밖에 없었다.

"크악!"

서운지가 어깨를 움켜쥐며 쓰러졌다. 동시에 그가 들고 있던 소담화의 검이 바닥으로 '챙그랑!' 소리를 내며 떨어졌다.

찰나 매지향이 발끝으로 검의 손잡이를 툭 찍어 차니, 검이 살아 있는 새라도 된 양 하늘로 수직으로 솟구쳐 올라갔다. 이어서 매지향이 회오리가 휘몰아치듯 하늘로 날아올라 허공에서 검을 낚아챘다.

이 모든 과정이 순식간에 일어난 데다 매지향의 행동 하나 하나가 몹시 우아해 보였기에 관전자들은 저마다 넋이 빠질 지경이었다.

다만 서요평은 경악에 가득 찬 표정으로 서운지를 향해 달려갔다.

"아우야! 다쳤느냐?"

하지만 서운지는 고통이 심해 대답도 할 수 없는 지경이었다.

그러는 사이 매지향은 소담화의 검을 들고 바닥에 내려섰다. 그녀는 사상이괴를 싸늘하게 바라보며 말했다.

"흥! 감히 내 제자를 괴롭히다니, 간덩이가 부은 놈들이로구나!"

"이익! 누가 누굴 괴롭혔단 말이냐? 우리는 아무도 괴롭히지 않았다!"

서요평이 악을 쓰며 대꾸하자, 매지향이 차갑게 웃음을 흘렸다.

"호호호! 그럼 왜 내 제자의 검을 가져갔지?"

"이런 멍청한 년! 그 사부에 그 제자로군! 뭐가 어째?"

서요평은 울화통이 터져 가슴을 탕탕 쳤다.

보다 못한 진양이 한 걸음 나서서 말했다.

"오랜만입니다, 매 선배님. 한데 지금은 오해가 있는 듯합니다. 지금은 소 낭자가 검을 잠시 보여주겠다고 허락한 것입니다."

"음? 또 너로군. 내가 네놈에게 일 년의 시간을 주었건만 그 시간을 참지 못하고 자꾸 내 앞에 나타나는구나. 그리 죽고 싶단 말이냐?"

"그건……."

"됐다. 화야, 어찌 된 일이냐? 정말로 네가 검을 자의적으로 보여준 것이냐?"

소담화는 사실 사상이괴에게 좋은 감정이라곤 눈곱만큼도 없었다. 오히려 자신을 괴롭힌 사상이괴를 사부가 나서서 혼뜨검을 내주니 내심 기쁜 마음까지 들었다. 때문에 그녀는 대충 얼버무리며 대답했다.

"저들이 처음에 제 허락 없이 검에 손을 댄 건 사실이에요."

"흥! 역시 그랬군!"

서요평이 기가 차서 손가락질을 하며 소리쳤다.

"저, 저 요망한 년을 봤나?"

매지향은 콧방귀를 뀌더니 저벅저벅 걸어왔다.

"길게 말할 것 없다. 잘못을 먼저 저질렀으면 벌을 받아야지!"

상황이 뜻밖으로 흐르자 진양이 그 앞을 얼른 막아섰다. 지금 이대로라면 서운지가 검도 들지 못할 터였다. 그리고 서요평 혼자의 힘으로는 절대로 매지향을 막을 수 없으리라.

"매 선배님, 정말 오해가 있을 뿐입니다. 손속에 사정을 두시지요."

"흥! 네놈이 그사이에 많이 컸구나! 이제는 네놈이 나를 막아선단 말이냐?"

한편 이 과정을 지켜보던 소담화는 마음이 조마조마했다. 그는 진양에게까지 피해를 줄 생각은 없었다. 그런데 이대로라면 사부가 진양을 상대로 살검을 펼칠 것이 다분했다.

그때 유설이 불쑥 나서며 말했다.

"양 소협의 말이 사실이에요. 소 낭자는 이분들에게 스스로 검을 보여준 것이에요."

매지향은 유설이 누군지 알고 있었다.

그녀가 일전에 노파로 변장을 해서 금룡표국을 찾아간 적이 있었기 때문이다.

그녀는 유설이 거짓말을 할 사람이 아니라는 것도 알고 있었기 때문에 이때쯤엔 어느 정도 이들의 말을 믿기 시작했다.

하지만 그것을 겉으로 인정하게 되면 자신의 제자를 깎아내리는 것뿐만 아니라, 자신의 실수도 인정해야 하는 꼴이었다.

누구보다도 자존심이 강하고 괴팍한 매지향은 절대 그런 일을 용납할 수 없었다.

"흥! 과정이야 어찌 됐든 상관없다! 내 길을 가로막겠다면 네놈에게도 죽음뿐이다!"

"양 소협이 사실대로 말해주는 것인데 어째서 그에게 검을 겨누나요? 정 못 믿겠다면 소 낭자에게 직접 물어보시면 되지 않아요?"

유설이 다시 나서서 소리치자, 매지향은 별수 없이 소담화에게 시선을 돌렸다.

소담화는 조금 전까지만 해도 진양이 궁지에 몰리게 되자 마음에 부담을 지고 있었다.

한데 지금 유설이 위험을 무릅쓰고 그의 편을 들고 나서자 묘한 질투의 감정을 느끼고 있었다. 결국 그녀는 냉랭한 표정으로 대꾸했다.

"전 그런 적이 없어요. 저 작자가 제 검을 함부로 가져가서 돌려주지 않았던 거예요."

매지향이 코웃음을 치며 보란 듯이 진양과 유설을 바라보았다.

진양을 비롯한 일행은 어이가 없어 그저 멍한 표정이 되고 말았다.

지금껏 말없이 서 있던 흑표가 냉랭하게 말했다

"낯짝도 두껍군."

그가 검을 뽑아 들며 유설의 앞을 막아섰다.

이렇게 되자 서요평 앞에는 진양이, 그 앞에는 유설이, 그리고 마지막으로 흑표가 서 있는 형국이 되었다.

매지향은 쌀쌀하게 웃음을 흘리더니 순간 바닥을 박차고 질풍처럼 내달렸다.

그녀는 순식간에 허공으로 뛰어오르더니 빛살처럼 떨어져 내렸다. 바로 야공유성 초식이었다.

그 일초가 어찌나 빠르고 교묘한지 앞을 막아선 흑표가 반수검을 펼치며 달려들었을 때는 이미 매지향이 그를 등지고 서 있었다.

순식간에 흑표를 지나치고 다가선 것이다.

진양은 얼른 유설의 앞을 돌아 나가며 매지향을 향해 수호필을 휘둘렀다. 그는 딱히 싸우고 싶은 마음이 없었지만, 가만히 서 있다간 유설이 당할 수도 있다는 생각에 부득불 공격에 나선 것이다.

진양의 수호필이 빛살처럼 허공을 가로질렀다.

쐐에엑!

까앙!

이어서 진양이 관성을 그대로 이용해서 수호필을 휘둘러 갔다.

벽력섬광도였다.

벽력섬광도의 특징 중 하나는 연환식으로 펼칠 때 상대가 숨 쉴 틈도 주지 않는다는 것이다.

이는 도를 휘두를 때의 관성을 그대로 이용해서 약간의 방향만 틀어 몰아붙이는 방식인데, 그야말로 어느 한 지역에 벼락이 연이어 떨어지는 것과 비슷한 모습이라 할 수 있었다.

쩡!

쩌르르릉! 쩡!

벽력섬광도가 펼쳐질 때마다 천둥과 벼락 치는 소리가 연이어 울려 퍼졌다.

두 사람의 싸움이 워낙 격렬하게 펼쳐지니, 다른 사람들은 차마 싸움에 끼어들 엄두도 내지 못했다.

진양의 도공은 쾌속하면서도 강맹 일변도였다. 반면 매지향의 검술은 유연하면서도 느긋한 여유가 있어 보였다.

서로 상반되는 도공과 검공이 펼쳐지고 있었지만, 어느 한

쪽이 유리하거나 불리해 보이지는 않았다.

하지만 힘의 차이가 있기 때문인지 시간이 갈수록 매지향은 조금씩 뒤로 물러나기 시작했다. 그러던 어느 순간 매지향의 손가락이 초록빛으로 물들었다. 동시에 매지향이 찔러오는 수호필을 아랑곳하지 않고 전면으로 파고들었다.

"헛!"

어찌 보면 매지향이 제 죽을 자리를 찾아가는 것처럼 보였지만, 진양은 이야말로 자신에게 가장 위험한 순간이라는 것을 잘 알고 있었다.

만약 그녀의 손끝에 조금이라도 스친다면 치명상을 면치 못하리라.

그녀가 검공을 주로 사용하긴 하지만, 어디까지나 매지향의 별호는 십지독녀였다. 독을 빼고 매지향의 무공을 논할 수는 없었다.

진양이 연이어 보법을 밟으며 뒤로 물러서자, 매지향은 기세를 몰아 숨 쉴 틈도 없이 쫓아갔다.

그러던 도중 옆에서부터 불쑥 튀어나오는 검을 느끼며 그녀가 훌쩍 물러났다.

어느새 나타난 흑표가 그녀의 팔을 노리고 검을 휘둘러 온 것이다. 그녀의 손목을 아슬아슬하게 스친 흑표의 검이 간발의 차이로 매지향의 소맷자락만 잘라내고 말았다.

매지향은 얼른 뒤로 물러나서는 숨을 골랐다.

그 바람에 진양도 위험한 순간을 넘기고 안도의 숨을 내쉴 수 있었다.

진양이 진심으로 감탄한 어조로 말했다.

"역시 매 선배님이십니다. 후배, 진심으로 탄복했습니다."

"흥! 네깟 녀석에게 그런 찬사를 받아서 뭐하겠느냐?"

매지향은 냉랭하게 반박했지만 사실 내심 놀라고 있었다. 그동안 안 본 사이에 진양의 무공이 놀라우리만치 성장한 것이다.

불과 몇 개월 전만 해도 진양의 무공은 소담화와 큰 차이가 없었다.

한데 그사이에 진양은 마치 전혀 다른 사람이 되어 있는 듯했다.

'이대로라면 저 녀석이 일 년 뒤에는 더 큰 물건이 되어 있겠군.'

매지향은 한편으로 걱정이 되면서도 한편으로는 기대가 됐다.

어쨌거나 지금으로서는 그녀가 손해 볼 것이 없었다. 사상이괴 중 한 명인 서운지에게 독상을 입혔으니 자신의 명성은 입증한 바였다.

그녀가 코웃음을 치고는 말했다.

"네놈은 내가 일 년 뒤에 죽이겠다고 약조했으니 오늘은 이만 물러가마. 이제 그 일 년도 얼마 남지 않았구나. 사상이괴 녀석들은 운이 좋은 줄 알아라! 다음엔 결코 이러한 운이 따르지 않을 것이다!"

그러자 서요평이 벌떡 일어나서 소리쳤다.

"잠깐!"

"뭐지?"

"해독약을 내놓고 가야 할 것 아니냐?"

"해독약? 호호호! 그런 걸 줄 거라고 생각하셨나?"

"뭣이? 이 독한 년이!"

"그래도 안심해도 될걸. 앞으로 석 달 동안은 생명에 지장이 없을 테니. 물론 몸을 잘 다스린다면 반년은 살 수도 있을 테지만. 호호호!"

"반, 반년? 이익! 네 이년!"

서요평은 얼굴이 새빨갛게 달아올라서 용수철처럼 튀어나갔다.

하지만 진양이 얼른 그의 팔을 낚아채며 말렸다.

"지금은 안 됩니다, 선배님!"

"놔라! 내 아우가 죽게 생겼는데 뭐가 안 된단 말이냐?"

하지만 진양은 서요평을 놓지 않았다.

만약 이대로 서요평이 매지향을 향해 달려든다면 틀림없

이 개죽음을 당하고 말 것이다. 서운지와 서요평이 함께 싸운다면 그 결과를 예측하기 힘들겠지만, 그 혼자서는 도저히 이길 수 있는 상대가 아니었다.

물론 이러한 사실을 서요평이 모르는 것은 아니었다. 그 역시 자신 혼자서는 매지향의 상대가 안 된다는 것을 잘 알고 있었다.

하지만 동생이 앞으로 얼마 살지 못하고 죽는다니 사리 판단이 제대로 서겠는가?

진양이 얼른 다그쳐 말했다.

"우선은 상처를 보살피시고 후에 계획을 세우시는 것이 좋을 듯합니다."

"해독약이 없는데 무슨 수로 상처를 돌본단 말이냐?"

진양이 매지향을 보고 간절한 어조로 말했다.

"매 선배님, 오늘 일은 정말로 오해에서 비롯되었습니다. 아량을 베푸시어서 해독약을 주시지 않겠습니까?"

"호호, 너는 늘 내게 해독약을 달라고 하는구나. 예전에도 그리 말하더니. 하나 내가 해독약을 준 적이 있더냐?"

진양은 착잡한 표정이 되고 말았다.

그렇다. 매지향은 정인이 죽어가는 순간에도 해독약을 내놓지 않았다.

하물며 자신과 아무런 상관도 없는 사람을 위해 해독약을 내놓겠는가?

그때 서요평이 갑자기 무릎을 털썩 꿇었다.

"나 서요평, 지금껏 살아오면서 누군가에게 무릎을 꿇어본 적이 없소. 매 여협, 그대에게 이렇게 부탁드리겠소! 내 동생을 살릴 해독약을 제발 주시기 바라오!"

그의 행동은 모든 이를 놀라게 했다.

매지향 역시 서요평이 무릎까지 꿇을 줄은 생각도 못했기에 눈을 휘둥그렇게 떴다.

하지만 그녀는 곧 큰 목소리로 깔깔거리며 웃었다.

"호호호! 사상이괴가 이 매지향에게 무릎을 꿇다니! 호호호! 좋아요. 내 기분이 좋아졌으니 석 달 동안 생각해 보죠. 석 달 뒤에도 그쪽이 살아 있다면 그날 기분에 따라 해독약을 주든 말든 결정하죠. 단, 오늘 이 시간부로 날 조금이라도 귀찮게 한다면 절대로 해독약을 내놓지 않겠어요. 내 앞에 절대 나타나지 마세요."

그녀의 말에 서요평은 현기증마저 느꼈다.

하지만 지금 그에게 선택의 길은 많지 않았다.

매지향의 말을 순순히 따르느냐, 힘으로 빼앗느냐.

조금이라도 더 가능성이 있는 쪽을 선택해야만 했다.

결국 서요평이 자리를 털고 일어났다.

"당신 말을 믿겠소. 우리는 앞으로 당신 앞에 석 달 동안 나타나지 않을 거요. 대신 그때가 되면 반드시 해독약을 주셔야 하오."

"그때의 기분을 봐서요."

"천하의 매 여협이 사상이괴를 상대로 비열하게 농락하진 않을 것이라 믿겠소!"

말을 마친 서요평은 뒤도 돌아보지 않고 서운지를 등에 업더니 자리를 벗어났다.

매지향은 그런 뒤에도 한참이나 통쾌한 듯 깔깔거리며 웃었다.

진양은 영 마음이 불편했지만 함부로 나설 수가 없는 자리였기에 가만히 침묵으로 일관했다.

매지향은 진양을 한차례 쏘아보더니 퉁명스럽게 말했다.

"너는 가지 않고 뭐하느냐? 너도 천상련으로 조문을 가는 길이더냐?"

"아닙니다. 후배는 천상련에서 내려오는 길입니다."

"그럼 썩 물러가거라. 내 마음이 변해서 오늘이라도 당장 네 목숨을 빼앗을 수도 있으니."

그러자 옆에 서 있던 흑표가 검 손잡이를 잡으며 한 걸음 나섰다.

하지만 진양이 곧 그를 제지하며 포권했다.

"알겠습니다. 매 선배님도 몸조심하십시오."

"흥! 네깟 녀석이 걱정하지 않아도 된다."

진양은 꾸벅 허리를 숙여 인사를 한 뒤 몸을 돌려 걸어갔다.

소담화는 진양이 무사히 멀어지는 모습을 보고 뒤늦게나마 작게 안도의 한숨을 내쉴 수 있었다.

매지향은 진양 일행의 뒷모습을 물끄러미 보다가 몸을 휙 돌렸다.

"우리도 가자, 화야."

"예, 사부님."

소담화가 총총걸음으로 매지향의 뒤를 따랐다.

두 사람은 경공술을 이용해서 빠르게 길을 달렸는데, 대략 한 식경 정도가 지나자 천중산 입구로 들어섰다. 천상련으로 향하는 길목에는 이미 많은 무인들이 줄을 지어 오르고 있었다.

매지향은 사람들의 이목에 띄는 것을 싫어하는 성격이었기에 소담화를 이끌고 길이 아닌 숲을 이용해서 산을 오르기 시작했다.

한참을 가다 보니 내력과 경공술이 뒤처지는 소담화가 몇 장 정도 떨어지게 됐다.

결국 얼마 가지 않아서 매지향이 평평한 바위에 걸터앉아 소담화를 기다렸다. 소담화가 헐레벌떡 달려와 송구한 표정으로 말했다.

"죄송해요, 사부님. 어서 가요."

"아니다. 많이 지쳐 보이니 잠시 쉬었다가 가자."

소담화가 매지향 옆에 나란히 앉으니, 마치 시커먼 바위 위에 선녀 두 명이 강림한 듯 주위가 환해졌다.

매지향이 소담화를 돌아보며 물었다.

"아까 너는 내게 거짓말을 했지?"

"사부님, 무, 무슨 말씀이세요?"

"솔직히 말해보아라. 네가 서운지에게 검을 보여준 것이 아니었느냐?"

소담화는 매지향의 눈을 마주 보면서 이미 사부가 모든 것을 간파하고 있다고 짐작했다. 결국 그녀는 모기처럼 가는 목소리로 대꾸했다.

"네. 사실 제가 나중에는 그에게 검을 볼 수 있게 허락했어요."

"그런데 왜 그 말을 하지 않았지?"

"그건……."

소담화가 곧바로 대답하지 못하고 우물거렸다.

그러자 뜻밖에도 매지향이 소담화의 머리를 쓰다듬으며 빙그레 웃었다.

"호호호, 나는 너를 나무라는 것이 아니다. 너는 너의 감정을 숨기고 허물을 덮기 위해서 그랬을 것이다. 또한 사상이괴에 대한 감정이 마냥 호의적이지만은 않았을 테고. 내 말이 틀렸느냐?"

"맞아요, 사부님."

"잘했다. 앞으로도 그렇게 살아야 한다. 남에게 너의 감정을 철저하게 숨겨가면서 살아야 한다. 감정은 먼저 드러내면 언제나 손해 보는 법이다. 또한 너의 허물을 감출 수 있을 때는 상대를 억울하게 만들어서라도 숨겨야 한다. 그것이 세상을 살아가는 처세술이라는 것이다. 또한 쌓인 감정이 있을 때, 그 감정을 풀어낼 기회가 우연히라도 찾아오거든 솔직하게 대응해라. 대의니 신의니 의리니 하는 것들은 모두 실체가 없는 허울뿐이니라. 너는 언제나 너만을 가장 먼저 생각하고, 허울보다는 늘 실체를 좇아라."

"네, 사부님."

소담화가 고개를 끄덕이며 대답했다.

한차례 혼날 거라고 생각했던 그녀로서는 오히려 사부가 자신의 마음을 이해해 주는 것 같아 기분이 더욱 좋아졌다.

매지향은 소담화가 즉각 대답하며 수긍하자 흐뭇한 표정으로 제자의 어깨를 토닥여 주었다.

"착하구나. 세상에서 가장 부질없는 것이 감정 소모란다. 앞으로 너는 그 감정을 철저히 억누르고, 숨기고, 외면해야 할 것이다. 그래야 세상의 모든 사람들이 너를 무시하지 않는다. 강산이 변하는데 십 년의 세월이 걸린다지만, 사람이 변하는 데는 한순간의 마음가짐에 달린 것이다. 잊지 말거라."

"명심할게요, 사부님."

매지향은 소담화를 대견한 듯 바라보고는 몸을 일으켰다.

"자, 쉬었으면 이제 가보자꾸나."

"네, 사부님!"

두 사람은 다시 가벼운 몸놀림으로 산을 오르기 시작했다.

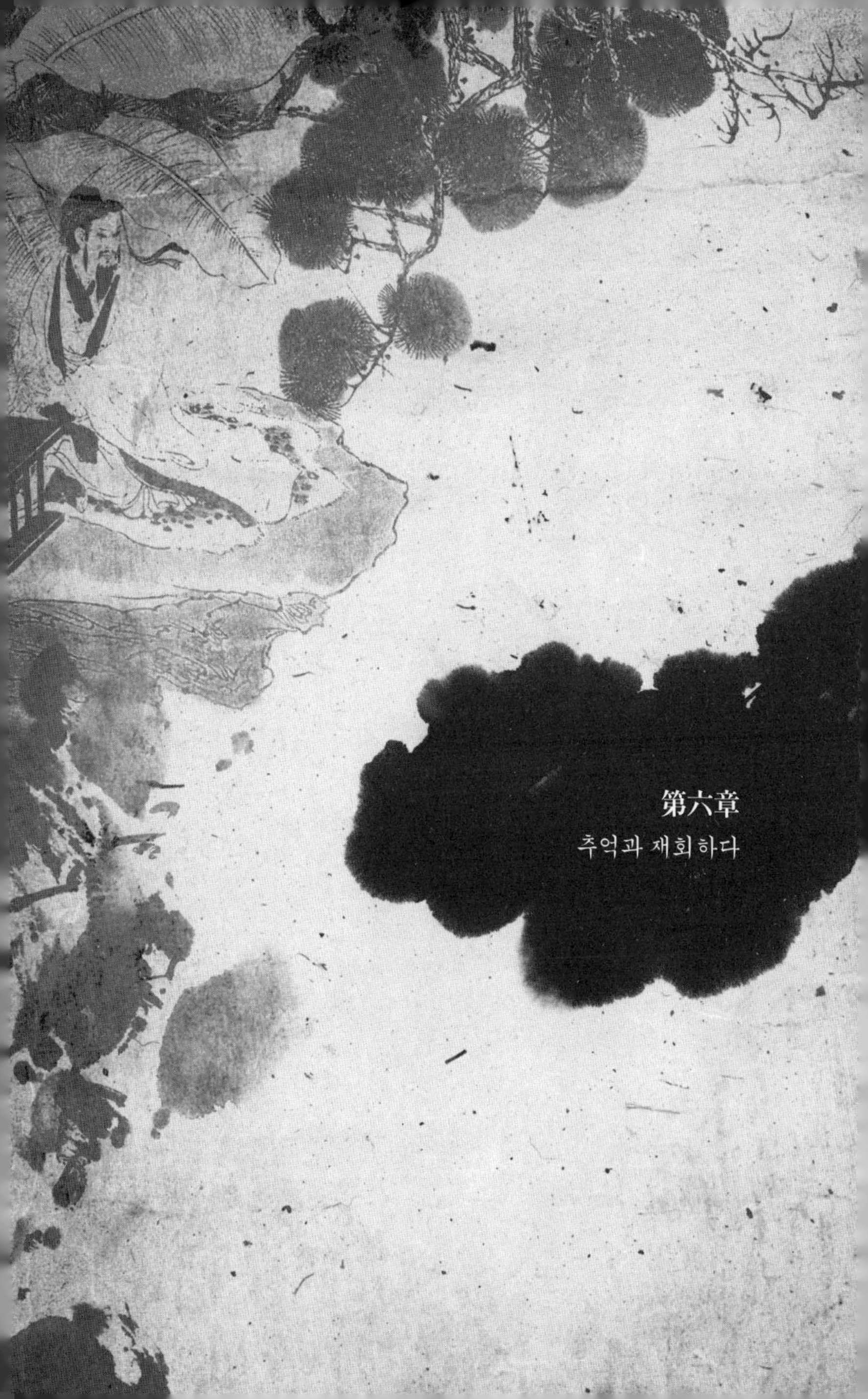

第六章

추억과 재회하다

진양 일행은 매지향과 달리 줄곧 너른 관도를 이용해서 길을 걸었다.

그들이 대별산으로 향하는 도중에도 수많은 무인들이 천상련을 향해 조문을 가느라 계속 마주치게 됐다.

하지만 무인들 대부분은 진양과 유설, 그리고 흑표에 대해서 잘 몰랐기 때문에 대수롭지 않게 지나쳤다.

천중산에서 대별산은 그리 먼 거리가 아니었지만, 진양 일행은 객점에 하룻밤을 묵은 뒤에 다시 출발했다.

대별산 산 아래턱에 다다르자 지나치는 무인의 수도 뜸해졌다. 대신 진양의 가슴은 묘한 기대와 설렘으로 두근거리기 시작했다.

대별산으로 오르는 길목에 다다르자 옛 추억이 새록새록 되살아났다. 동시에 이 근처 어딘가에서 새로운 터전을 잡고 자신의 목표를 이루기 위해 살 것을 생각하니 마음이 부풀어 오르기도 했다.

'몇 해 전 관주님의 손을 잡고 이 길을 따라 천상련으로 가던 때가 바로 엊그제 같은데… 세월이 참 유수와 같구나.'

진양은 새삼 감회에 젖어 주위 풍광을 바라보았다.

그때 흑표가 진양의 곁으로 바짝 다가오더니 낮은 목소리로 속삭였다.

"양 형, 언제까지 붙여둘 거요?"

그 목소리가 지극히 조용했지만 진양 바로 곁에 있던 유설에게는 들렸다.

그녀는 흑표의 말이 무슨 뜻인지 몰라 고개를 갸웃거리며 반문했다.

"붙여두다뇨? 무슨 말씀이세요?"

이에 흑표는 주위의 귀를 의식하기라도 하는 듯 좌우로 눈짓을 하더니 말하기 곤란한 표정을 지었다.

하지만 진양은 이미 그의 말이 무슨 뜻인지 알고 빙그레 웃으며 말했다.

"역시 눈치채고 계셨군요."

"어젯밤부터 느꼈소. 누군지 아시겠소?"

"저도 정확히는 모르겠습니다. 호의를 가졌는지 적의를 가졌는지도 잘 모르겠군요."

그제야 유설은 이 두 사람이 무슨 대화를 나누는지 알 수 있었다.

'뒤쫓는 자가 있는 거구나. 왜 우리를 미행하는 거지?'

유설의 말대로 진양과 흑표는 자신들을 뒤쫓는 자들에 대해서 이야기를 나눈 것이다.

다만 이 두 사람에 비해 오감이 떨어지는 유설은 미행이 있을 줄은 꿈에도 생각지 못했다.

흑표가 눈빛을 빛내며 물었다.

"이들이 어떤 자들인지도 모르고 학립관까지 가는 것은 위험하지 않겠소?"

"하긴 그렇겠지요?"

"어쩌시겠소?"

진양은 걸음을 우뚝 멈추더니 턱을 괴며 잠시 생각에 잠겼다. 그러더니 그가 돌연 몸을 돌리고는 걸어온 방향으로 서너 걸음 되돌아갔다. 그리고 허공을 향해 말했다.

"귀하들은 어디서 오신 고인이시오? 소제에게 용무가 있다면 모습을 드러내 주셨으면 좋겠소."

몹시 담담하고 온화한 말투였지만 그의 목소리는 묵직하고도 묘한 울림이 있어 숲 속의 새들이 놀라서 후드득 날아올랐다.

그런 뒤 얼마나 정적이 감돌았을까?

사위가 쥐 죽은 듯 조용할 뿐 아무런 반응이 없자, 진양이 다시 한 번 소리쳤다.

"만약 모습을 드러내지 않는다면 내가 직접 그쪽으로 가겠소!"

이번에는 조금 더 우렁찬 목소리였다.

그의 목소리가 산중 하늘에 메아리처럼 쩌렁쩌렁 울렸다.

그때 숲 한쪽에서 부스럭 소리가 나더니 두 인영이 모습을 드러냈다.

그들을 본 유설이 깜짝 놀라서 소리쳤다.

"사상이괴! 아, 아니, 사상이협이 아니세요?"

숲에서 터벅터벅 걸어나온 사람은 바로 사상이괴였던 것이다.

서요평은 서운지의 팔을 어깨에 메고 부축해 주고 있었는데, 그 표정이 너무 서글퍼 보여서 보는 이도 측은한 마음이 들 정도였다.

일행으로서는 그처럼 고집 세고 말도 통하지 않던 서요평이 저리도 불쌍하게 보인 것이 처음이다.

서요평이 진양에게 저벅저벅 다가오더니 울적한 목소리로 말했다.

"역시 들켰나? 하지만 만약 내 동생이 멀쩡했다면 자네에게 들키지 않았을 거야. 동생이 부상을 입은 상태에서 나 혼자 인기척을 죽여가며 미행하는 바람에 들킨 거야."

진양이 부드럽게 웃으며 대꾸했다.

"물론이지요. 두 선배님이 평소와 다름없었다면 불초 후배가 어찌 눈치를 챌 수 있었겠습니까?"

그제야 서요평은 조금 기가 살았는지 얼굴 표정이 밝아졌다.

진양이 물었다.

"두 선배님은 어째서 저희를 따라오신 겁니까?"

"흥! 우린 따라간 것이 아니야. 우리가 가는 길 앞에 너희가 갈 뿐이지!"

서요평이 발끈하면서 부정하고 나섰지만, 이미 앞서 스스로 말했던 내용과 완전히 모순되기에 누구도 그 말을 믿지 않았다.

하지만 진양은 내색하지 않고 길을 옆으로 비켜섰다.

"그럼 먼저 가시지요. 저희가 선배님의 길을 막아서 불편하셨겠군요."

그러자 서요평은 잠시 당황하더니 손사래를 쳤다.

"아, 아니다! 우린 먼저 가지 않겠다!"

"왜 그러시는지요?"

"흥! 나에 대해서 모르느냐? 나는 부정심공을 익혔다! 그러니 네 말대로 하지 않겠어! 반대로 행동할 테다!"

"그럼 뒤에서 저희를 따라오시겠습니까?"

"아니다! 아, 아니, 그렇다! 아니지……."

서요평은 순간 머리를 벅벅 긁더니 결국 한숨을 길게 내쉬었다. 그가 처량한 표정으로 진양을 향해 말했다.

"자네는 이런 말 하면 절대로 좋아하지 않겠지만, 한 가지 부탁이 있네. 물론 자네는 절대로 들어주지 않겠지만."

"뭔지요? 제가 들어드릴 수 있는 문제라면 최선을 다할 테니 너무 부정적으로만 생각하지 마십시오."

"그런가? 정말 내 부탁을 들어주겠나? 에이, 아니지. 자네는 들어주지 않을 게 분명해. 그러니까 나는 말하지 않겠네."

"하지만 말하지 않으면 저는 정말 아무것도 해드릴 수가 없습니다."

"그래도 말하지 않아."

그때 서요평에게 부축받고 있던 서운지가 힘겹게 머리를 들고 진양을 바라보았다. 그는 이미 매지향의 독기가 전신에 퍼지고 있는지 안색이 새파랗게 질려 있었고, 입술은 하얗게 부르터 있었다.

"양 소협, 우리 형제가 양 소협과 한동안 함께 지냈으면 하오. 대신 우리는 결코 양 소협에게 피해를 끼치지 않을 것이오. 오히려 도움을 줄 수 있다면 최대한 돕도록 하겠소."

진양은 뜻밖의 제안에 다소 어리둥절한 표정이 됐다.

원래 그는 이들이 매지향에게 해독약을 얻어달라고 할 줄 알았던 것이다. 만약 그랬다면 진양도 그 부분에 대해서는 자신이 없다고 솔직히 답변할 생각이었다.

한데 갑자기 함께 지내고 싶다니?

진양이 고개를 갸웃거리며 물었다.

"갑자기 왜 저와 함께 지내고 싶다는 겁니까?"

"별뜻은 없으니 오해는 마시오. 우린 그저 훗날 매지향을 만나기 위해서요."

그제야 진양이 '아!' 하고 탄성을 터뜨렸다.

사상이괴 중 한 명인 서운지가 깊은 부상을 당했으니 앞으로 서요평은 강호를 활보하기도 어려울 터였다.

한데 한곳에 정착하지도 않는 매지향의 행로를 어찌 일일이 쫓을 수 있겠는가?

물론 마음먹고 그녀만 쫓아다닌다면 못할 것도 없을 게다. 하지만 부상당한 서운지를 끌고 다닐 수는 없었다. 그렇다고 서운지를 홀로 놔둘 수도 없었던 것이다. 게다가 매지향은 절대로 석 달 동안 자신 앞에 나타나지 말라고 했으니 그녀의 행로를 알아가는 도중에 우연히라도 마주치면 곤란했다.

결국 사상이괴는 머리를 맞대고 고민한 끝에 진양과 함께 지내기로 한 것이다.

매지향과 진양이 과거에 일 년을 두고 기약을 했다고 하니 진양 곁에만 붙어 있어도 매지향을 만날 수 있을 것이라고 판단한 것이다.

서운지가 목소리를 쥐어짜듯 물었다.

"듣자 하니 양 소협과 매지향은 서로 기약을 한 듯한데, 그 때가 언제요?"

"앞으로 넉 달하고도 보름 정도가 남았습니다."

서운지가 고개를 끄덕였다.

"다행이군. 그 정도라면 버틸 수 있을 거요. 그녀 말에 의하면 내공을 잘 운기할 경우 반년까지도 버틸 거라고 했으니, 그 부분은 오로지 내게 달린 문제겠구려. 물론 양 소협이 함께 지내겠다고 허락만 해준다면 말이오."

서운지는 말을 꺼내면서도 서요평과 달리 크게 불안한 기색이 아니었다. 서요평은 매사에 부정적이어서 진양이 반드시 거절할 것이라 생각했지만, 서운지는 그와 반대로 언제나 긍정적이었기에 진양이 분명 승낙할 것이라고 생각한 것이다.

진양으로서는 사실 거절할 이유가 없었다.

하지만 이제 혼자만을 생각할 수는 없는 몸이 되었기에 유설과 흑표를 돌아보며 동의를 구했다.

유설은 흔쾌히 동의했고, 흑표는 방해만 되지 않는다면 상관없다는 투였다.

결국 진양이 기분 좋게 승낙했다.

"두 분의 뜻이 그렇다면 좋습니다. 하지만 한 가지 약속을 해주셔야겠습니다."

"흥! 역시 뭔가 바라는 게 있군."

서요평이 콧방귀를 뀌며 대꾸하자 진양이 싱긋 웃으며 물었다.

"싫으신가요?"

"누가 싫다고 했더냐? 바라는 게 뭐냐?"

"저와 함께 지내시면서 제가 하는 말을 무조건 들어주십시오."

"뭐야? 우리보고 네 수하라도 되란 말이냐?"

"그런 건 아닙니다. 제가 정중히 부탁을 드리는 겁니다. 맹세코 두 선배님께 실례되는 행동은 하지 않을 것입니다. 어떻습니까?"

"흥! 네가 뭘 시킬지도 모르는데 무조건 들어달라고? 만약 네가 우리보고 죽으라고 하면 죽어야 한단 말이냐? 일없다!"

"좋습니다. 그럼 이렇게 하는 건 어떻습니까? 제가 두 선배님께 부탁을 하게 되면 서운지 선배님이 그것을 들어줄지 말지 결정하는 겁니다. 서운지 선배님이 제 부탁을 들어줄 수 없다고 하면 저는 더 이상 강요하지 않겠습니다. 어떻습니까?"

"흥! 너는 날 바보로 아느냐? 내 동생은 매사에 희희낙락한 성격이어서 무슨 말이든 다 들어주려고 할 것이다! 결국 네가 부탁하는 것은 뭐든지 다 들어주려고 할걸?"

"하지만 아까 말씀하신 것처럼 제가 두 선배님께 자결을 부탁한다면 아무리 서운지 선배님이라도 거절하지 않겠습니까?"

"거야… 당연한 거지만……."

"아까 말씀하셨지요? 제게 도움이 되는 것이라면 도움을 주겠다고요."

그러자 서운지가 웃으며 고개를 끄덕였다.

"알겠소. 양 소협의 부탁이라면 무엇이든 가급적 따르도록 하겠소."

"감사합니다, 선배님."

이쯤 되자 고집을 부리던 서요평도 어쩔 수 없이 바닥의 자갈돌을 걷어차며 투덜댔다.

"에잇! 이번엔 어쩔 수 없이 네놈의 말을 받아들이지만, 내 동생이 다 낫고 나면 혼쭐을 내줄 줄 알아라!"

진양은 빙긋 웃었다.

"그럼 두 분과 저의 문제는 끝났군요."

그러더니 진양은 허공을 향해 다시 내공을 실은 목소리로 말했다.

"자, 이제 나오시지요!"

그의 말에 흑표를 제외한 사람들이 어리둥절한 표정으로 주위를 둘러보았다.

서요평이 고개를 갸웃거리더니 말했다.

"이미 나왔는데 뭘 또 나오란 말이냐?"

"제가 부른 사람은 사실 두 선배님이 아니었습니다."

"뭣?"

서요평이 깜짝 놀라서 뒤를 돌아보는데, 마침 근방의 숲 속에서 새카만 그림자가 새 떼처럼 날아오르더니 진양 앞쪽으로 떨어졌다.

유설은 물론 사상이괴도 깜짝 놀라 입을 척 벌린 채 그들을 바라보았다.

모두 흑의를 걸친 무인들이었는데, 허리춤에는 두 자 정도 되는 길이에 너비가 손가락 두 마디 정도로 일정한 검을 차고 있었다.

애초에 흑표가 미행이 붙은 것을 진양에게 이야기할 때는 이들을 두고 말한 것이었다.

물론 진양과 흑표는 사상이괴가 따라붙는 것도 진작 알고 있었지만, 이미 상대의 정보를 어느 정도 알고 있었기에 그들은 신경을 쓰지 않았던 것이다.

반면 사상이괴는 오로지 인기척을 죽이고 미행하는 데만 전념했기 때문에 자신들 뒤에 또 다른 미행자가 있는 줄은 꿈에도 모르고 있었다.

진양이 그들을 둘러보니 흑의인들은 모두 스물한 명으로 조직되어 있는 듯했다. 그중 우두머리로 보이는 자가 뒤로 도열한 흑의인들보다 두어 걸음 나와서 서 있었다.

진양이 한 걸음 내딛고는 그를 향해 포권을 취했다.

"귀하들께선 어디서 오신 고인이신지요? 소제에게 용무가 있다면 말씀하시지요."

그러자 흑의인들의 우두머리로 보이는 자가 한쪽 무릎을 꿇으며 포권을 취했다. 그와 동시에 뒤로 도열해 있던 스무 명의 흑의인이 일제히 한쪽 무릎을 꿇으며 포권했다.

"저희는 천상련에서 파견된 귀영대(鬼影隊)입니다. 저는 귀영대주 비연리(費延里)라고 합니다. 양 은공께 인사를 드리게 되어 영광입니다."

진양을 비롯한 일행은 흑의인들이 뜻밖에도 깍듯하게 나오자 깜짝 놀라고 말았다.

특히 진양은 얼른 손사래를 치며 말했다.

"예가 지나치십니다. 어서 일어들 나십시오."

그제야 귀영대가 바닥에서 일어났다.

"한데 천상련에 귀영대가 있었는지요? 저는 처음 들어보는 군요."

"아, 귀영대는 풍천익 련주님께서 이번에 새로 만든 조직입니다."

"그렇군요. 한데 무슨 일로 저를 따라오셨는지……."

"저희의 주 임무는 양 은공을 은밀히 뒤따르며 호위하는 것입니다."

진양은 이들이 자신을 '은공'이라고 부를 때부터 이런 대답을 어느 정도 예상했기에 더는 놀라지 않았다.

하지만 역시 천상련의 지나친 배려가 그로서는 부담이 되지 않을 수가 없었다.

"저는 천상련을 위해 한 것이 별로 없습니다. 풍 련주님께서는 저를 너무 신경 쓰지 않으셔도 된다고 전해주십시오. 저는 호위가 필요할 만큼 대단한 사람이 아닙니다."

그러자 비연리가 다시 무릎을 털썩 꿇었다. 물론 그 뒤에서 있던 귀영대 모두가 동시에 무릎을 꿇었다.

"양 은공께서는 저희를 내치지 말아주십시오! 만약 이대로 귀영대가 돌아간다면 련주님께 호된 꾸지람을 들어야 할 것입니다!"

진양은 비연리가 과장해서 말한다고 생각하지 않았다. 풍천익의 성품을 따져보자면 충분히 그럴 수도 있으리라.

그때 서운지가 껄껄 웃으며 말했다.

"허허허, 역시 양 소협은 인덕이 많아 사람들이 따르는군요. 저들이 스스로 양 소협을 따르겠다는데 굳이 내칠 필요가 있겠소?"

하지만 서요평은 콧방귀를 뀌며 서운지를 질책했다.

"너는 생각이 없는 놈이구나! 저들이 우리에게 우호적인지 적의를 가졌는지 알지도 못한 상황에서 무조건 받아들이라고 하는 것이냐?"

"거참, 형님도. 저들은 오로지 양 소협을 보호하는 것이 목적인데 우리를 신경이나 쓰겠소?"

"멍청아! 네놈이 다 나으면 나는 너와 함께 저 양씨 놈을 혼내주겠다고 했다! 그러니 저들은 우리에게 호의를 가지지 않을 것이다!"

"그건 그때 가서 걱정할 일이 아니겠소?"

"미리미리 대비해야 할 것이 아니냐?"

두 사람이 옥신각신하는 동안 흑표가 진양의 곁으로 다가와 말했다.

"적어도 우리에게 해를 끼치진 않을 것 같으니 굳이 내칠 필요는 없지 않겠소?"

"그래요. 도움을 받을 사람이 많은 건 좋지 않겠어요?"

유설까지 나서서 말하자 진양도 더 이상 고집을 부릴 수가 없었다.

결국 진양이 비연리를 향해 말했다.

"좋소. 하지만 귀영대는 내가 따로 신호를 보내지 않는 이상 나오지 않았으면 하오."

"알겠습니다! 언제든 귀영대가 필요하면 부르십시오!"

"그리고 불편하겠지만 평소에는 지금처럼 은신해서 지내주시길 바라오. 혹 다른 사람들이 볼 때 불편하지 않게 말이오."

"명심하겠습니다. 그럼."

비연리의 말이 떨어지자마자 귀영대는 그야말로 귀신처럼 모습을 감춰 버렸다.

그들의 신속한 모습에 진양 일행은 내심 경탄을 금치 못했다.

진양 일행은 다시 길을 걸어 학립관으로 향했다. 사상이괴는 진양으로부터 대여섯 보 떨어져서 걸어왔다. 진양이 나란히 함께 걷자고 권했지만, 서요평이 한사코 거절했기에 일행도 더는 신경 쓰지 않았다. 이유인즉, 서운지의 독기가 진양 일행에게도 옮길 위험이 있다는 것이다.

매사를 긍정적으로 생각하는 서운지는 독기가 일행에게 옮지 않을 것이라고 생각했지만, 오히려 서요평이 더욱 조심하는 바람에 두 사람은 마치 기죽은 강아지마냥 일행의 뒤만 졸졸 따라갔다.

유설은 길을 걷는 동안 학립관이 어떤 곳인지 물었고, 진양은 시종 푸근한 미소로 세세히 답변을 해주었다.

"학립관은 부모를 잃은 고아들을 주로 데려다가 글을 가르치는 곳이라오. 물론 무예를 가르치기도 하지만, 이는 어디까지나 몸이 튼튼해야 정신도 맑아진다는 관주님의 뜻이라오. 무인을 배출하기 위해서는 아니지요."

"그럼 학립관 출신의 무인은 당신이 처음이겠군요?"

진양이 고개를 저었다.

"아니오. 학립관에는 다양한 아이들이 모이기 때문에 무예에 재능이 있는 아이들도 간혹 있소. 그런 아이들은 가까운 문파나 무관에서 데려가기도 했소."

"들을수록 어떤 곳인지 궁금해요."

"왜 그렇게 궁금하시오?"

"거야 당연히……."

유설은 문득 얼굴을 붉히더니 뒷말을 조심스레 흘렸다.

"당신이 어렸을 때 어떤 걸 보고 누구와 함께 지냈는지 알 수 있을 테니까요."

그녀의 말을 듣자 진양도 괜히 부끄러워져 헛기침을 뱉으며 먼 산을 응시했다.

그러는 사이 진양 일행은 어느덧 학립관 정문에 다다랐다.

진양이 얼굴에 웃음을 가득 띠고 말했다.

"바로 이곳이오."

유설은 자그마한 정문을 바라보고 고개를 끄덕였다.

산중의 크지 않은 건물이기 때문인지 정문을 지키는 사람은 아무도 없었다.

진양 일행이 정문 안으로 성큼 들어서자, 마침 마당을 쓸고 있던 동자 한 명이 달려오며 공손히 절했다.

"어서 오십시오. 어떻게 찾아오신 손님이신지요?"

진양은 그 동자를 보고 있자니 수년 전의 자신 모습이 생각나서 빙그레 미소 지으며 답했다.

"성 관주님을 뵈러 왔다. 관주님은 안에 계시느냐?"

"예, 잠시만 기다려 주십시오."

동자는 꾸벅 인사를 하고는 돌아가다가 문득 걸음을 멈추고 되돌아왔다. 진양이 고개를 갸웃거리고 바라보자, 아이는 뒤통수를 긁적이더니 물었다.

"죄송하지만 누구시라고 말씀을 드리면 될까요?"

진양은 저도 모르게 웃음이 터져 나왔다.

자신도 어렸을 적 학립관에서 손님을 받을 때면 늘 이런 식으로 되묻곤 했던 것이다.

진양이 동자의 머리를 쓰다듬어 주며 말했다.

"제자 양진양이 찾아왔다고 말씀드리면 아실 것이다."

"알겠습니다."

동자는 다시 꾸벅 인사를 하고는 돌아갔다.

진양 일행은 감나무 몇 그루가 심어져 있는 아담한 마당을 둘러보았다. 진양은 어렸을 때 그 감나무 아래에서 놀던 기억이 떠올랐다.

항상 자기편을 들어주던 단지겸과 친구들을 생각하니 입가에 절로 미소가 그려졌다.

'지겸이는 잘 지내고 있을까? 여전히 이곳에 있을까? 그러고 보니 여동추와는 줄곧 싸우기만 했지. 어떻게 변했을지 궁금한걸.'

학립관에서 지낸 마지막 날 단지겸과 여동추와 마찰이 있었기 때문인지 그 두 사람이 가장 기억에 남아 있었다.

잠시 후 건물 모퉁이를 돌아 그림자 하나가 급히 달려오는 것이 보였다.

머리가 희끗하고 얼굴에 세월의 흔적이 잔주름으로 자잘하게 나 있는 사람이었는데, 진양이 자세히 보니 그는 다름 아닌 학립관의 관주이자 사부인 성조영이었다.

진양이 활짝 웃으며 소리쳤다.

"사부님!"

"오오, 양아! 네가 정말 양진양이란 말이더냐? 훌륭하게 컸구나! 훌륭하게 컸어!"

성조영은 두 팔을 활짝 벌리고 진양을 한 품에 안았다. 키로 보나 덩치로 보나 이제는 성조영보다 진양이 훨씬 컸지만, 진양은 그의 품이 아버지의 그것처럼이나 푸근하게 느껴졌다.

진양이 얼른 바닥에 엎드려 절을 올렸다.

"그간 안녕하셨습니까, 사부님!"

인사를 건네는 진양의 목소리는 울음으로 가득 젖어 있었다.

이를 지켜보는 유설도 괜히 눈시울이 붉어져 똑바로 쳐다보지 못하고 시선을 돌려 버렸다.

성조영 역시 굵은 눈물 줄기를 흘리며 진양의 어깨를 감싸 안았다.

"오냐, 오냐. 나는 덕분에 잘 지내고 있었다. 너야말로 고생이 많았겠구나. 양이 네가 정말 이렇게 훌륭하게 자랐다니, 내 두 눈으로 보고도 꿈인 것만 같구나!"

진양은 소매로 눈가를 훔치고는 바닥에서 일어났다.

그가 성조영을 가만히 바라보니 눈가에 주름이 자글자글하고 머리에 서리가 내려앉은 것이 실제 나이보다도 훨씬 들어 보였다.

하지만 그 앞에서 연로해 보인다고 말할 수는 없는 노릇인지라 그저 눈물만 주룩주룩 흘릴 뿐이었다.

성조영은 진양의 뒤에 서 있는 일행을 보고는 물었다.

"양아, 같이 오신 분들이냐?"

"아, 네. 제 일행입니다."

그러자 성조영은 진양이 소개를 시키기도 전에 다가가 공손히 예를 차리며 인사했다.

"어서 오십시오. 학립관을 맡고 있는 성 아무개입니다. 먼 길 오시느라 고생이 많으셨겠습니다. 모두 저를 따라오시지요."

성조영은 진양과 그 일행을 데리고 객당으로 향했다.

성조영과 진양 일행은 객당의 탁자에 둘러앉아 차를 마셨다. 다만 사상이괴는 몸이 불편한 관계로 다른 방으로 안내해 쉬도록 했다.

진양에게 있어서 성조영은 마치 아버지와 같은 존재였다. 비록 자신을 천상련에 보내긴 했지만, 학립관을 지켜야 하는 성조영의 입장을 이제는 진양도 이해할 수 있었다.

성조영은 진양을 대하는 내내 안면 가득 미소만 지었다. 하지만 눈치가 빠른 진양은 그의 안색이 썩 좋지만은 않다는 것을 직감했다.

진양이 차를 한 모금 마시고 물었다.

"사부님, 혹시 근심거리라도 있으신지요? 안색이 좋지 않습니다."

"아니다. 아무 일도 없다."

성조영이 손을 내저으며 말했지만, 진양은 영 마음이 놓이지 않았다.

하지만 무작정 추궁할 수도 없는 노릇이어서 그 역시 더는 캐묻지 않았다.

대신 진양은 말을 돌렸다.

"혹시 지겸이는 어찌 지내는지 아시는지요?"

"허허, 알다 뿐이겠느냐? 지겸이는 지금 학립관에서 아이들을 가르치고 있단다."

진양이 반색하며 물었다.

"아이들을요? 하하! 그럼 지금 만나볼 수 있겠군요?"

"원, 녀석도. 뭐가 그리 급한 것이냐? 나를 만난 것보다도 훨씬 기뻐 보이는구나."

"하하! 그럴 리가 있겠습니까? 이곳을 떠올릴 때마다 사부님 생각을 가장 많이 했습니다. 제가 이곳을 떠나는 날 사부님의 슬픈 표정을 전 아직도 기억하고 있습니다."

그러자 성조영이 한숨을 푹 내쉬며 말했다.

"그날을 생각하면 지금도 가슴이 아프구나. 또한 후회도 된다. 천상련에서 널 원했을 때, 너를 다시 돌려보내 줄 것이라고 생각했단다. 한데……."

성조영이 다시 씁쓸한 표정으로 한숨을 내쉬자, 진양이 얼른 손을 내저었다.

"괜찮습니다, 사부님. 어쩔 수 없었다는 것 역시 저도 이해합니다. 지금껏 단 한 번도 사부님을 원망해 본 적이 없습니다. 하니 마음 쓰지 마십시오."

"너는 많이 변한 것 같으면서도 그 선한 심성은 여전하구나."

"그런가요?"

진양이 멋쩍게 웃자 성조영이 고개를 끄덕이고는 물었다.

"그래. 한데 천상련에서는 무슨 일을 했느냐? 뭐가 그리 바빴기에 이 사부에게 답신 한번 보내지 않았더냐?"

"답신이라니요?"

"음? 내 서신을 받아보지 못했느냐?"

진양은 성조영이 서신을 보냈다는 소리는 금시초문이었다. 때문에 고개를 갸웃거리고 되물었다.

"아니오. 제가 천상련에서 지내는 동안 제게 온 서신은 없었습니다."

"그런……."

성조영은 흠칫 놀라다가 곧 마음을 가라앉히고 한숨만 내쉬었다.

"하긴 네게 답장이 없을 때 그럴 수도 있으리라 생각은 했건만, 도대체 무슨 일을 하고 있었기에 네게 내 서신조차 전하지 않았단 말이냐? 나는 작년까지 너에게 매달 서신을 한 통씩 보냈단다."

"그랬군요. 제가 하는 일이 워낙 비밀스러워 아무도 서신을 주고받지 못하게 한 듯합니다. 저는 그동안 천보각에서 각종 무공서를 필사하는 일을 맡고 있었습니다."

"과연, 그런 일이었구나. 그래서 그때 천보각주가 내게 그런 말을 했었군. 참, 그러고 보니 이제는 련주가 되셨다지?"

"예. 얼마 전 냉 련주님이 돌아가시는 바람에……."

"쯧쯧. 어쩌다가 그리되었던고. 아니지. 내가 무림의 일에 개입할 처지가 아니지. 앞으로 이 이야기는 그만두도록 하자. 강호의 이야기라면 별로 관심을 두고 싶지 않구나."

"예, 사부님."

진양이 공손히 대답하며 찻잔을 들었다.

성조영은 다시 생각난 듯 입을 열었다.

"참, 지겸이는 지금 아랫마을에 잠시 볼일을 보러 내려갔단다. 돌아올 시간이 되었으니 곧 만날 수 있을 게다."

말을 마친 성조영은 유설을 돌아보며 말했다.

"이거 너무 우리 이야기만 한 것이 아닌지 모르겠습니다."

"아니에요, 관주님. 두 분이서 나누는 대화를 듣는 것만으로도 즐거운 걸요. 듣던 대로 훌륭한 분인 것 같아요."

"허허, 낭자께 그런 칭찬을 들으니 이 나이에 부끄럽기만 하구려."

성조영은 흑표에게도 미안한 뜻을 전했지만, 흑표 역시 워낙 말수가 없는 사람이라 개의치 않았다.

성조영은 두 사람에게도 이것저것 질문을 하며 대화를 이끌어갔다.

그런데 조금 있자니 대청 바깥에서 다급한 발소리가 들려왔다. 잠시 후 대청 문이 활짝 열리면서 누군가 불쑥 들어왔다.

"사부님! 양이가 왔다면서요?"

진양은 흠칫거리고는 상대를 꼼꼼히 살펴보았다. 피부가 희멀겋고 깡마른 체구의 사내는 영락없는 샌님의 모습이었다.

第七章

격세지감(隔世之感)

진양은 그의 얼굴을 본 순간, 어렸을 때의 단지겸의 모습을 찾을 수가 있었다.

순간 장난기가 솟구친 진양이 자리에서 일어나 포권하며 말했다.

"말씀 많이 들었습니다, 단 선생님. 아이들을 지도하느라 많이 힘드시지요?"

단지겸은 갑자기 낯선 상대가 포권하며 말하자, 그제야 자신이 무례했다는 것을 깨닫고는 얼른 허리 굽혀 인사했다.

"아, 제가 손님이 와 계신 줄도 모르고 큰 결례를 저질렀습니다. 죄송합니다."

"하하! 아닙니다. 저 역시 단 선생님을 뵙고 싶은 차였습니다."

"저를요? 왜……?"

단지겸이 고개를 갸우뚱하며 진양을 바라보았다.

그는 아주 잠깐 진양을 알아보지 못했지만, 곧 얼굴 가득 미소가 떠오르기 시작했다.

"진양? 자네… 정말 진양인가?"

"반갑네."

진양이 빙긋 웃어 보이자, 단지겸의 두 눈에 가득 눈물이 고이더니 이내 굵은 물줄기가 흘러내렸다. 그가 진양을 두 팔 벌려 와락 껴안았다.

"오랜만일세! 정말 오랜만이야! 그동안 어찌 지냈는가, 이 친구야?"

"덕분에 잘 지냈네. 자네가 아직까지 여기 있을 줄은 몰랐네."

"하하! 나야 비천한 재주로 어디 갈 곳이나 있겠는가? 사부님이 마음이 넓으셔서 날 거둬주신 것이지."

"하하하! 역시 단 선생님은 겸손하기까지 하군요."

진양이 장난치듯 말하자, 단지겸이 허리를 꺾으며 웃었다. 두 사람은 양손을 맞잡고 한참이나 이야기를 나누었다. 성조영이 자리에 앉도록 권하고 나서야 두 사람은 탁자에 앉았다.

"자네, 정말 많이 변했군. 예전에는 약골이었는데, 이렇게 기골이 장대해졌을 줄이야. 처음에는 전혀 몰라봤다네."

"하하, 자네가 나한테 할 소리는 아닌 것 같은데? 자네는 지금도 약골인 것 같으니까."

"이런, 첫 만남부터 신경전인가?"

유설은 이들의 대화를 들으며 저도 모르게 빙그레 미소 지었다.

지금까지 진양이 이처럼 허물없이 다른 사람과 대화하는 모습을 본 적이 없었기 때문이다.

단지겸은 유설과 흑표를 의식하고는 뒤늦게 물었다.

"이분들은……?"

진양도 그제야 정신을 차리고 유설과 흑표를 소개했다.

단지겸은 그들과도 살갑게 인사를 나눈 후 이것저것 물으며 대화를 나누었다.

"하하, 유 낭자와 같이 아름다우신 분이 이 친구와 맺어진다면 그야말로 선남선녀의 만남이겠군요."

단지겸의 말에 유설의 얼굴이 발갛게 달아올랐다.

하지만 싫지 않은 기색이었다.

한참 웃음꽃을 피우며 이야기를 나누던 단지겸이 문득 잊은 것이 생각난 듯 성조영을 돌아보았다. 그리고 지금까지와 달리 심각한 표정으로 물었다.

"사부님, 동추 녀석 왔습니까?"

"아니. 오늘은 아직이구나."

성조영이 고개를 저었다.

진양은 그들의 대화를 듣다가 반가운 마음에 얼른 끼어들었다.

"동추? 동추라면 혹시 그 여동추를 말하는 건가?"

단지겸도 진양이 누굴 가리키는지 눈치채고 대답했다.

"그 여동추 말고 또 누가 있겠나?"

한데 대답하는 그의 말투가 지금까지와 달리 시큰둥하고 까칠하게 느껴졌다. 단지겸도 그것을 의식했는지 곧 부드럽게 웃으며 사과했다.

"미안하네. 자네에게 화를 낸 것은 아닐세."

"흠. 여동추는 지금 어찌 지내는가?"

진양이 대수롭지 않게 여기고 다시 질문을 꺼내자, 단지겸은 또 인상이 굳었다.

"너무 잘 지내서 탈이지."

"음? 그럼 여동추도 아직 이곳에 남아 있는 건가? 하하! 자네, 여전히 여동추와는 사이가 안 좋은가 보군? 동추가 아직까지 이곳에 남았다면 틀림없이 무예를 가르치고 있겠는데?"

그러자 단지겸이 더는 참지 못하겠는지 발끈해서 소리쳤다.

"당치도 않는 소리 하지도 말게! 여동추가 여기서 아이들에게 무예를 가르친다고? 그건 아이들 미래를 망치는 일이지! 그딴 비열한 녀석은 누구를 가르칠 자격이 없네!"

진양은 단지겸이 이처럼 화를 내자 당혹스런 표정을 감추지 못했다. 어려서부터 단지겸이 딱 부러진 데가 있긴 했지만, 여동추의 이야기를 듣는 것만으로도 이렇게 화를 낼 줄은 몰랐던 것이다. 분명 단순히 사이가 안 좋은 정도의 문제가 아니리라.

그때 성조영이 짐짓 엄한 어조로 단지겸을 나무랐다.

"어허, 겸아, 손님들 계신데 그 무슨 무례한 말투냐? 양이는 그저 동추의 소식이 궁금해서 물었을 뿐인데 그렇게까지 열을 올릴 필요가 있느냐?"

"죄송합니다, 사부님. 자네에게도 미안하네."

단지겸이 다시 정중히 사과를 하자, 진양도 그제야 마음을 차분하게 가라앉히고 물어보았다.

"무슨 일인지 모르겠지만, 동추가 또 말썽을 부리나 보군."

"말썽 정도가 아닐세. 그 녀석 때문에 이 학립관이 없어질 위기에 처했네."

"뭐라고?"

진양이 자리에서 벌떡 일어났다.

그에게 있어서 학립관은 특별한 의미가 있었다. 단지 어렸을 때 다녔던 학당과는 다른 의미였다.

진양에게 학립관은 고향의 집과 같은 곳이고, 추억이 잠들어 있는 마음의 안식처였다. 그는 지금껏 학립관이 없어질 것이라곤 생각도 해본 적이 없었기에 단지겸의 말에 몹시 놀랐다.

"그게 무슨 말인가? 학립관이 없어질 거라니?"

그러자 성조영이 다시 단지겸을 나무랐다.

"겸아, 어찌 오랜만에 만난 양이에게 그런 말을 해서 마음을 쓰게 하느냐?"

"사부님, 이건 사실 진양도 알아야 합니다. 나중에 정말 학립관이 없어지고 나서 이 친구에게 알리면 그건 더 큰 충격일 겁니다."

단지겸이 강한 어조로 말하자, 성조영도 대꾸할 말이 없는지 씁쓸한 표정으로 장탄식을 흘렸다.

진양이 단지겸의 팔을 붙들고 물었다.

"자세히 이야기해 보게. 도대체 어찌 된 것인가?"

"이 모든 게 바로 그 여동추 녀석 때문일세!"

"여동추가 왜?"

단지겸은 생각만 해도 화가 나는지 탁자를 주먹으로 쾅 내려쳤다.

그는 한참 동안 씨근대더니 차츰 분을 가라앉히고 이야기를 시작했다.

여동추가 학립관을 떠난 것은 삼 년 전이었다.

어려서부터 기골이 장대한 여동추는 원래 글보다는 무예에 재주가 많았는데, 삼 년 전 개관한 지 얼마 되지 않은 무관의 관주가 학립관을 방문했다가 여동추를 눈여겨보게 된 것이다.

"여동추라는 아이가 제법 재능이 있어 보이니 제가 데려가서 무예를 가르쳐 보는 것이 어떨까 합니다. 우리 무적관(無敵館)은 이제 막 개관했지만, 자금을 충분히 보유하고 있어 앞으로 당하(唐河)현에서는 제법 명성을 드높일 수 있을 겁니다. 성 관주님께서 괜찮으시다면 저 아이를 우리에게 맡겨보심이 어떨는지요?"

"장 관주님이 그리 말씀하시니 감사할 따름입니다. 한데 저 아이는 부모가 없어서……."

"하하, 그건 걱정하지 마십시오. 아이에게 돈을 받을 생각은 없습니다. 우린 그저 인재를 모으려는 것입니다."

무적관의 관주인 장도식(張蹈植)의 말에 성조영은 고개를 끄덕이며 대답했다.

"그렇다면 제가 동추를 불러 물어보지요. 무엇보다 그 아이의 의견이 중요하니까요. 동추도 이제 자신의 미래는 스스로 결정할 나이가 됐으니 그 아이가 받아들인다면 저로서는 반대하지 않겠습니다."

"고맙습니다, 성 관주."

그날 무관으로 갈 수 있게 되었다는 말을 들은 여동추는 일말의 재고도 없이 학립관을 떠나기로 결정했다.

그리고 삼 년이 흐른 지금, 장도식의 말대로 무적관은 당하현에서 가장 유명한 무관이 되었다.

한데 약 일 년여 전부터 무적관은 학립관에 찾아와서 줄곧 아이들을 보내줄 것을 요구했다. 처음 성조영은 훌륭하게 자란 여동추를 보고 아무런 의심도 하지 않고 아이들을 보내주었다.

하지만 시간이 지나면서 성조영은 무적관이 아이들에게 혹독한 훈련을 강요한다는 것을 깨달았다.

"무슨 훈련입니까?"

이야기를 듣던 진양이 불쑥 끼어들어 물었다. 그는 두 주먹을 꾹 말아 쥐고 있었는데, 벌써부터 분노를 느끼는 듯 몸을 가늘게 떨었다.

학립관 출신인 그에게 있어서 이곳의 아이들은 친 아우와 같은 느낌이었다.

성조영이 깊은 한숨을 내쉴 때, 단지겸이 끼어들며 대답했다.

"무적관은 아이들을 서로 겨루게 해서 서열을 나누는가 하면, 암살 훈련을 시키는 것도 서슴지 않았네. 무예를 겨룰 때도 상처를 입기 전에 패배를 시인하는 아이에겐 가혹하게 매질을 했지. 대부분의 아이들이 하루에 두 시진만 자면서 무공 수련만 했다는군. 게다가 훈련 성과를 보고 하위 일 할에 포함되는 아이들은 그날 저녁을 굶겼다는군."

"그런 일이!"

진양이 더는 참지 못하고 탁자를 쾅 내려쳤다.

한데 단지겸이 내려칠 때는 꿈쩍도 하지 않던 탁자가 진양이 내려치니 단숨에 '콰직!' 소리를 내며 귀퉁이가 부서져 나갔다.

성조영과 단지겸이 깜짝 놀라서 진양을 보고 물었다.

"자네, 손은 괜찮은가?"

"아, 나는 괜찮네. 계속 이야기해 주게."

"그 뒤로 사부님은 무적관에 더 이상 아이들을 보낼 수 없으며, 이미 보낸 아이들도 다시 데려오겠다고 말씀하셨네. 그런데……."

"그런데?"

"무적관에서는 그럴 수 없다고 딱 잡아뗐지. 오히려 무적관은 지난 육개월 동안 데려간 아이들을 인질 삼아 협박을 해

왔네."

"협박이라니? 어떻게?"

"만약 학립관에서 아이들을 더 보내주지 않는다면 학립관에서 데려온 아이들을 모두 암살대로 파견하겠다는군."

"뭐라?"

진양은 당장에라도 무적관을 찾아갈 기세로 자리에서 벌떡 일어났다. 그가 얼굴까지 벌겋게 달아올라서 말했다.

"도대체 그 무적관이라는 곳은 뭐하는 곳이기에 암살대가 있다는 것을 그리 떳떳하게도 떠벌린단 말인가?"

"무적관의 배후에는 상남(商南)현에 있는 한 문파가 버티고 있네. 아마도 무적관에서 조직된 암살대는 그 문파로 보내지는 모양이야."

"상남현이라면 섬서 지역이 아닌가?"

"그렇지. 하지만 하남의 이곳에선 가장 가까운 곳이지."

"그 문파 이름이 뭐라던가?"

"내가 말한다고 자네가 알겠는가?"

무공에 대해서 전혀 아는 것이 없는 단지겸은 진양이 튼튼하게 성장했다고는 생각했지만, 무공을 익혔을 것이라고는 생각하지 못했다. 때문에 진양 역시 강호의 문파들에 대해서는 무지할 것이라고 지레짐작한 것이다.

진양이 대꾸했다.

"그래도 혹시 모르니 말해보게나."

"섬서에서 제법 유명한 모양이더군. 철혈문이라고 하던데… 아마도 사파인 듯했네."

"철혈문?"

"그렇다네. 자네, 알고 있는가?"

"일전에 철혈문의 제자를 한 명 만나본 적이 있지."

"그랬군. 그럼 자네도 좀 알겠군. 그 문파는 사파인 모양이야."

진양이 고개를 끄덕였다.

일전에 금룡표국에서 연회를 베풀 때 지승악이 사파를 두둔하며 나섰던 것이 기억났다. 청성파의 장로를 상대로도 기가 죽지 않았던 것을 보면 아마도 사파에서 꽤나 권세가 막강한 것이 틀림없으리라.

진양이 다그쳐 물었다.

"그래서? 그 후에는 어떻게 됐나?"

"어쩌긴 어쩌겠는가? 아이들을 인질 삼아 협박을 해오는데……."

무적관을 몸소 찾아갔던 성조영은 장도식의 협박에 머리끝까지 화가 나서 탁자를 쾅 내려치며 일어섰다.

"지금 그걸 말이라고 하는 거요? 도대체 아이들을 어찌 생각하고 이러는 것이오?"

그러자 장도식이 입꼬리를 추켜올리며 말했다.

"성 관주, 당신은 아이들을 어찌 생각하고 그러오?"

"무슨 소리요?"

"당신 역시 아이들을 이용해 먹기 위해 거둔 것이 아니오?"

"이용해 먹는다니? 나는 그저 부모를 잃은 아이들에게 글을 가르치고 꿋꿋하게 살아가도록……."

"희망과 용기를 불어넣었을 뿐이다? 보시오, 관주. 세상에 그런 말을 믿을 사람이 얼마나 될 거라고 생각하시오? 솔직히 말해보시오. 당신, 아이들을 팔아넘기면서 얼마나 받았소? 학립관을 유지하는 비용은 땅을 파서 생기는 돈이오?"

성조영이 더는 참지 못하고 삿대질을 하며 소리쳤다.

"당신! 정말 상종을 못할 인간이구만! 세상에 당신 같은 사람만 있는 줄 알아? 우리 학립관은 원나라 때 처음으로 만들어졌소! 학립관의 조사께서는 원나라 시대에 높은 벼슬을 하셨으나, 몽골인의 야만성에 회의를 느껴 벼슬을 버리고 귀향하셨소이다! 그 후 전쟁이 일어나자 조사께서는 모든 재산을 학립관을 만드는 데 쓰셨소! 그 후에 어떻게 유지되고 있냐고? 학립관을 통해 배출된 인재들은 강요하지 않아도 자발적으로 학립관으로 돈을 보내주었소! 그들에게 이 학립관은 추억이 가득한 고향집인 것이오! 자, 그럼 이제 무적관은 도대체 어디서 수익이 나는 것이기에 본 관을 그리 취급하시는지 들어봐도 되겠소?"

장도식은 대꾸할 말이 없어지자, 어깨를 으쓱이고는 말을 돌렸다.

"후후. 어쨌거나 내가 한 말을 새겨들어야 할 것이오. 무적관은 아이들이 필요하오. 앞으로도 계속 아이들을 보내주셔야겠소."

"그럴 수 없소이다!"

"그렇다면 이미 보내온 아이들이 어찌 되든 상관없다는 것으로 해석해도 되겠소? 그 아이들은 모두 암살대로 조직될 것이오. 물론 암살대의 특훈도 받게 되겠지."

"이런 쳐 죽일 놈들!"

진양이 이야기를 듣다 말고 분통을 터뜨렸다. 곁에서 함께 듣고 있던 유설과 흑표도 화가 나는지 표정이 점점 굳어졌다.

진양이 소리쳐 물었다.

"여동추는? 여동추는 그때 뭘 하고 있었답니까? 사부님이 이런 곤경에 처했는데, 그 녀석이 나서서 무적관의 관주를 설득시켰을 것이 아닙니까?"

그러자 단지겸이 코웃음을 쳤다.

"흥! 그 녀석이 장 관주를 설득시킨다고? 괜한 기대는 하지도 말게나."

"그게 무슨 말인가? 그 녀석이 무적관으로 들어갔다고 하지 않았나? 혹시 여동추도 그럼 철혈문의 암살대로 들어갔단 말인가?"

"아닐세. 그 녀석은 무적관에 그대로 있네."

"한데?"

성조영이 또다시 긴 한숨을 흘리며 말했다.

"내 마저 말해주마."

그날 성조영은 장도식과 좀처럼 말이 통하지 않아 하루 종일 실랑이를 벌였다.

그렇게 시간이 얼마나 흘렀을까?

성조영이 장도식을 뚫어질 듯 노려보고 있는데, 마침 밖에서 여동추가 들어왔다. 그는 성조영을 힐끔 보고는 건성으로 인사를 건넸다.

"성 관주님, 오셨습니까?"

"오냐. 너는 그동안 잘 지냈느냐?"

"예."

그때 장도식이 성조영에게 들으라는 듯이 말했다.

"추야, 학립관에서 온 아이들은 모두 집합시켰느냐?"

"예, 사부님."

"그럼 그 아이들에게 오늘 밤부터 암살 특훈을 시키도록 해라."

"알겠습니다."

성조영이 발끈해서 소리쳤다.

"지금 뭐하는 짓이오?"

"뭐하는 짓이라니요? 보다시피 우리 일을 하고 있지 않소?"

"아이들을 다시 데려가겠소!"

"후후, 성 관주. 아직도 상황을 모르겠소? 당신이 아이들을 더 이상 보내주지 않는다고 하니 지금 그 아이들이 고생하는 것이 아니오?"

"닥치시오!"

결국 참지 못한 성조영이 와락 달려들며 장도식의 멱살을 잡으려고 했다. 그런데 그때 여동추가 불쑥 끼어들더니 금나술법으로 성조영의 손목을 낚아챘다. 순간 성조영은 팔이 꺾이며 뼈마디가 모조리 부러질 듯 아파 비명을 터뜨렸다.

"아악!"

"성 관주님, 사부님께 무례하게 굴지 마십시오."

여동추가 냉랭하게 말하는 소리에 성조영은 머릿속이 아찔했다.

"너, 네가 어찌 내게 그럴 수가 있느냐? 나 또한 너를 가르친 사부이거늘!"

"성 관주님, 동시에 두 부모를 섬길 수는 없는 법이 아니겠습니까? 이미 저는 성 관주님의 품을 떠난 자식입니다. 이제 제 사부님은 장 관주님이십니다."

"너, 네 이놈! 아악!"

"성 관주님, 아이들을 보내주십시오. 정말로 이대로 아이들이 암살대로 파견되길 원하십니까? 사파의 암살대로 파견되면 어린아이들은 팔 할이 채 오 년을 살지 못하고 죽습니다."

"그걸 알면서도 네놈이 그런 말을 할 수 있느냐? 학립관의 아이들은 네 아우들이 아니냐?"

"아우요? 전 천애고아입니다. 제게는 부모도 형제도 없습니다."

말을 마친 여동추는 그제야 성조영의 팔을 놓아주었다.

하지만 그가 떠민 힘이 너무 거칠어 성조영은 몇 걸음 걷지도 못하고 바닥에 꼴사납게 고꾸라지고 말았다.

성조영은 여전히 욱신거리는 오른팔을 왼손으로 잡고 일어섰다. 그는 이제 더 이상 버틸 방법이 없다는 것을 알았다. 아이들을 데려올 방법도 없고, 보내지 않을 방법도 없었다.

어쩔 수 없이 성조영이 물었다.

"하면… 하면… 아이들을 보내주면… 지금 아이들을 암살대로 파견하지 않으시겠소?"

장도식이 입꼬리를 추켜올리며 대꾸했다.

"물론이오."

"분명히 약조하시오. 학립관에서 아이들을 보내면 절대로 그 아이들을 암살대로 파견하지 않겠다고! 또한 아이들에게 무리한 훈련을 시키지 않겠다고 말이오!"

"후후, 그 정도라면 얼마든지 약조하겠소이다."

"그래서 아이들의 사정은 좀 나아졌습니까?"

진양의 물음에 성조영이 고개를 저었다.

"알 수가 없네. 무적관의 모든 훈련이 비공개로 진행되기 때문에 도저히 알아내기가 힘들었네. 하지만 나는 그들이 정말 약속을 지킬 것이라고 생각하기가 힘들었네."

여기까지 이야기한 성조영은 이맛살에 깊은 주름을 새기며 한숨지었다. 진양은 이제야 성조영이 그 몇 년 사이에 이처럼 연로해 보이게 된 이유를 알 것만 같았다.

단지겸이 말했다.

"사부님은 그 후로 아이들을 거두지 않고 계시네. 이제 이 학립관은 더 이상 아이들을 받지 않고 있는 거야. 그 아이들이 학립관에 들어와서 오히려 고생만 하게 될까 봐 말일세."

진양은 대청에서 서성이며 앉을 생각을 하지 않고 있었다. 그가 단지겸을 돌아보며 물었다.

"도대체 그 무적관은 어디에 있는가? 내가 한번 찾아가 보고 싶군."

"굳이 찾아갈 필요도 없을 걸세. 요즘 들어 여동추가 아이들을 데리러 매일같이 오고 있으니 말일세."

"혹시 여동추가 무적관의 협박을 받고 그러는 것이 아닐까?"

"협박? 하하! 자네는 사람을 너무 믿는군. 나중에 자네가 직접 그를 보면 알겠지. 협박을 받아서 하는 행동인지 자발적으로 하는 행동인지 말이야."

성조영이 씁쓸한 미소를 지으며 말했다.

"양이가 오랜만에 와서 기쁜 날이건만, 괜한 이야기를 꺼내 분위기를 어둡게 만들었구나."

"아닙니다, 사부님. 학립관의 일이 곧 제 일이나 다름없지요. 사실 저 역시 이번에 대별산 근처에 작은 서예 학당을 하나 차릴까 생각하고 있었습니다. 그래서 사부님께 이런저런 조언을 들을까 했는데 이런 일이 있을 줄은 꿈에도 몰랐군요."

"학당이라……. 요즘처럼 흉흉한 시기에는 쉽지 않을 것이다. 천하가 전쟁통에 혼란스러울 땐 오히려 선인이든 악인이든 단결하여 나라를 되찾으려고 하지만, 이처럼 대외적으로 태평한 시기에는 그 속이 곪아가는 법이지. 주위에서 학당이 제대로 운영되도록 놔두지 않을 것 같구나."

그때 마침 밖에서 호랑이 울음처럼 우렁찬 소리가 들려왔다.

"성 관주, 안에 계시오!"

성조영과 단지겸은 그 소리가 익숙한 듯 눈살만 슬쩍 찌푸렸다. 반면 진양은 처음 듣는 목소리였기에 고개를 갸웃거리고 물었다.

"누구입니까?"

"누구긴 누구겠나? 호랑이도 제 말 하면 온다더니 바로 그 여동추지!"

그때 다시 여동추의 목소리가 들려왔다.

"안에 계신 것 알고 있소! 그러니 어서 이리 나오시지요!"

성조영과 단지겸은 착잡한 표정으로 꿈쩍도 하지 않았다.

진양이 두 사람을 보며 물었다.

"나가지 않으십니까?"

"이렇게 숨어 있다 보면 제풀에 지쳐 돌아갈 때가 많았네."

한데 단지겸의 말을 듣기라도 했는지 여동추가 다시 목청을 높여 소리쳤다.

"오늘만큼은 그냥 돌아가지 않을 것이니 누가 이기는지 해봅시다! 성 관주는 일찌감치 나와서 서로 힘 빼는 일이 없었으면 좋겠소!"

그 말을 들으며 진양은 기가 찼다.

'여동추 이 녀석은 정말로 위아래도 모르는구나. 그래도 사부님이 저를 거두어들여 수년간 키워주고 가르쳐 주었건만, 어찌 저리도 안하무인으로 행동한단 말인가?'

진양이 성큼성큼 걸음을 옮기자 단지겸이 얼른 불렀다.

"진양 자네, 어딜 가려는가?"

"이렇게 숨어 있다고 언제까지 버틸 수 있겠는가? 여동추를 만나봐야겠네."

그러자 성조영도 나서서 말렸다.

"양아, 동추를 설득시킬 생각이면 포기해라. 그 녀석은 이미 무적관의 무인이다."

"무인이라니요? 제 아우들까지 팔아먹는 자가 어찌 무인이라는 말입니까? 여동추도 좋은 말로 타이르면 알아듣겠지요."

말을 마친 진양이 대청 문을 활짝 열고 나갔다.

결국 성조영과 단지겸도 더 이상 대청 안에만 머물 수는 없는 노릇이라 자리에서 일어나고 말았다. 유설과 흑표 역시 자리에서 일어나 그들의 뒤를 따랐다.

진양이 막 건물 모퉁이를 돌아 마당으로 걸어가려는데, 누군가 이미 나와서 여동추를 맞아 이야기하고 있었다. 가까이 다가가고 보니 바로 서요평이었다.

그는 동생 서운지와 함께 방에서 쉬고 있다가 돌연 시끄러운 소리가 계속 들려 밖으로 나와보았던 것이다.

서요평이 날카로운 목소리로 물었다.

"네놈은 누구기에 마당까지 들어와 이리 소리치고 행패를 부리느냐?"

"음? 그러는 당신은 누구요?"

여동추는 넙데데한 얼굴이었는데, 광대뼈가 툭 불거져 나와서 머리가 더욱 커 보였다. 거기에 덩치마저 큰 편이어서 체구가 작은 서요평에 비하면 마치 어른과 아이처럼 보일 지경이었다. 여동추의 등 뒤에는 십여 명의 무인이 험상궂은 표정으로 서 있었다.

여동추의 물음에 서요평이 기가 찬 듯 말했다.

"하! 요 맹랑한 녀석 좀 보게? 어디서 대가리에 피도 안 마른 것이 뭐라고? 당신? 보아하니 네놈은 무공을 좀 익힌 모양인데 사문이 어찌 되느냐?"

여동추는 상대가 갑자기 사문을 물어오자 조금 당황했다. 이 조그만 늙은이가 무인일 것이라고는 생각하지 못했던 것이다. 이때 서요평은 서운지의 침상 곁에 검을 두고 나왔기에 더욱 평범한 사람처럼 보인 것이다.

여동추가 어정쩡한 태도로 포권을 하며 대답했다.

"후배가 선배님을 몰라 뵈었습니다. 결례를 용서해 주시길."

"흥! 이 몸은 한번 눈 밖에 벗어난 놈을 용서해 본 기억이 없다! 네놈은 사문이 어찌 되느냐? 내가 찾아가서 네놈 사부를 불러 너의 무례를 따져 물어야겠다."

여동추는 상대가 자신의 사부까지 무시하며 나오자 은근히 부아가 치밀었다. 그래서 조금은 퉁명스런 목소리로 물었다.

"그러는 선배께서는 사문이 어찌 되시는지요?"

"사문? 우리는 그런 것 없다!"

"하면… 존함이 어찌 되시는지요?"

"흥! 사상이협이라고 들어봤느냐?"

여동추가 고개를 갸웃거리며 중얼거렸다.

"사상이협이라……. 사상이협… 사상이… 아! 사상이……!"

머릿속을 퍼뜩 스친 생각에 여동추는 '괴' 자라는 말을 목안으로 꿀꺽 삼켰다. 사상이괴가 스스로를 소개하거나 남에게 들을 때는 '사상이협' 이라는 단어를 좋아한다고 어디선가 들었기 때문이다.

여동추는 사부인 장도식으로부터 사상이괴에 대한 이야기를 들은 적이 있었다. 언젠가 장도식은 사파의 뛰어난 인물에 대해서 이야기하다가 사상이괴에 대해 언급했었다.

그는 사상이괴가 친형제를 가리키는 별호인데, 그들이 힘을 합쳐 적과 맞서 싸우면 천하에 적수가 몇 없다고 했던 것이다.

여동추가 깜짝 놀라는데, 마침 그들 곁으로 다가온 진양이 서요평을 향해 말했다.

"선배님, 여긴 제게 맡기시고 들어가 쉬십시오."

여동추가 고개를 돌려보니 웬 낯선 청년이 말을 건네고 있었다.

서요평은 그대로 물러가긴 싫어하는 눈치였지만, 더 이상 토를 달지 않고 고분고분 물러갔다.

하지만 완전히 방으로 돌아가진 않고 먼발치에 멈춰 서서 진양이 하는 양을 지켜보았다.

진양에 이어 성조영과 단지겸, 그리고 유설과 흑표가 마당으로 나왔다.

여동추가 이들을 한 번 훑어보고는 이죽거렸다.

"성 관주, 오늘은 손님이 많은 것 같소? 혹시 무적관을 상대해 보려는 수작이오?"

여동추는 진양을 알아보지 못한 것이다.

반면 진양은 여동추의 말투에 다시 한 번 노기가 치솟았다. 하지만 겉으로 내색하지 않고 빙그레 웃으며 말했다.

"동추, 오랜만일세."

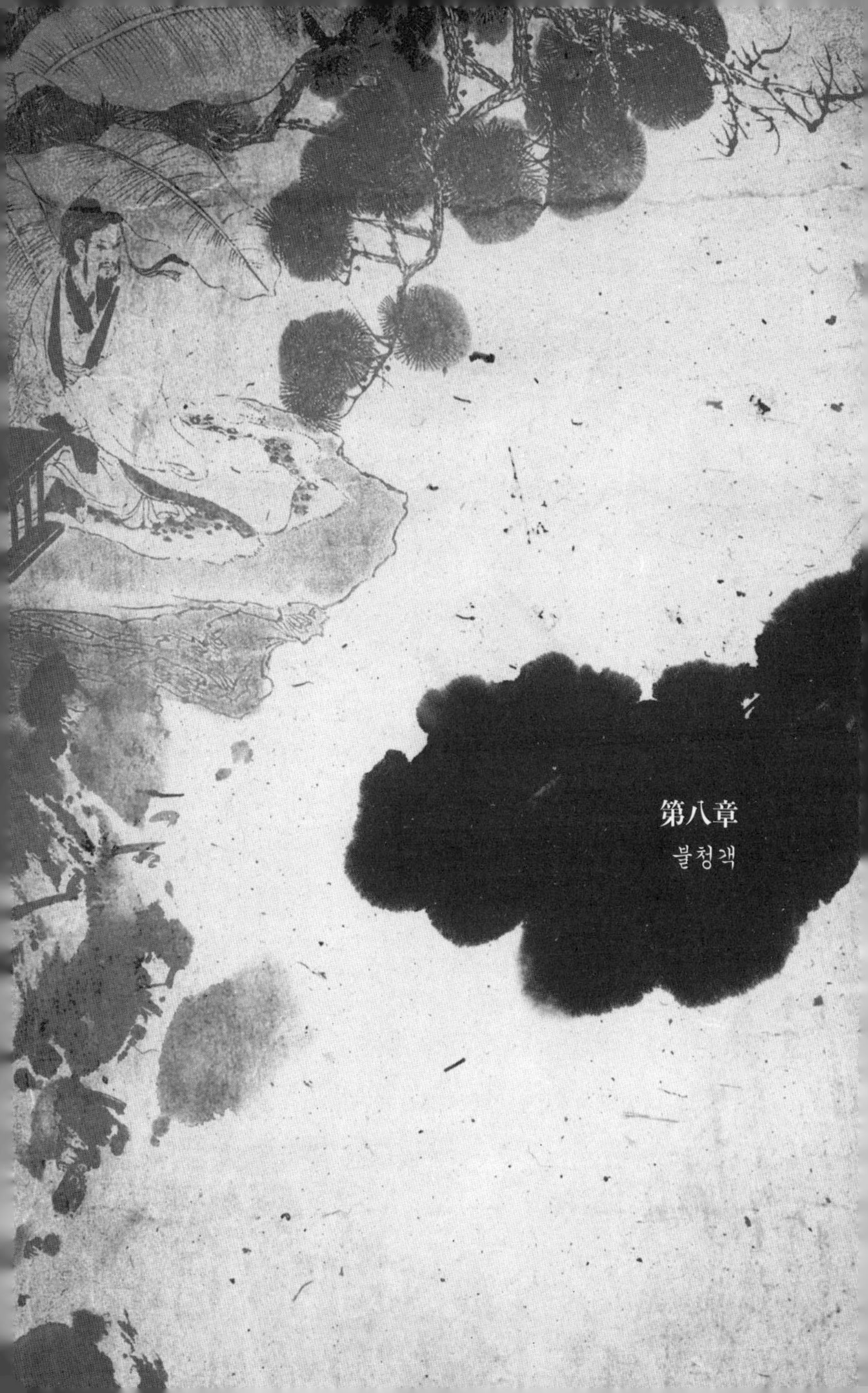

第八章
불청객

여동추는 낯선 청년이 갑자기 자신의 이름을 부르자 눈썹을 잔뜩 찌푸리고 바라보았다.

그가 고개를 모로 꼬며 물었다.

"나를 아시는가?"

"알지. 알다마다."

"누구지?"

"날세. 양진양."

진양의 대답에 여동추는 한참 기억을 더듬어보는 듯 고개를 갸우뚱했다. 그러다가 문득 떠오르는 생각이 있는지 '아!'

하는 소리와 함께 피식 실소를 머금었다.

"난 또 누구라고. 자네 많이 컸구만. 어렸을 땐 정말 작았는데."

"다행히 기억하는군."

"자네처럼 비리비리한 약골도 없었는데, 당연히 기억하지."

"하하, 그런가?"

"그런데 자네가 여긴 어쩐 일로?"

"사부님을 찾아뵙고 인사를 드리러 왔네. 그러는 자네는 어쩐 일인가?"

"나는 성 관주께 볼일이 있어서 왔네."

진양이 이맛살을 슬쩍 찌푸렸다.

그가 여동추를 빤히 바라보다가 입을 열었다.

"자네, 말투가 사부님께 너무 무례한 것 아닌가?"

"음?"

순간 여동추가 눈썹을 성큼 추켜올리며 진양을 노려보았다.

"지금 나한테 한 소린가?"

"그렇다네."

진양이 눈 하나 깜짝하지 않고 대답하자, 여동추는 가만히 서 있다가 돌연 웃음을 터뜨렸다.

"하하하! 하하하! 자네는 여전하군."

여동추는 그러고도 한참 웃더니 어느 순간 뚝 멈추고 말했다.

"요즘도 다른 곳에서 많이 맞고 다니나?"

진양이 빙그레 웃었다.

"그것도 부정 못하겠군."

여동추가 피식 비웃었다.

"그럴 줄 알았네. 후후."

"어쨌거나 사부님께 대충의 이야기는 들었네. 한데 앞으로는 이곳으로 찾아오지 말게. 학립관은 더 이상 무적관에 아이들을 보내지 않을 것일세."

"뭐? 자네가 지금 뭔가 착각하나 본데… 그렇게 되면 이미 무적관에 들어온 아이들이……."

"물론 이미 무적관으로 보내진 아이들도 모두 데려올 생각이네. 아니, 그전에 자네가 먼저 그 아이들을 이곳으로 안전하게 데려와 줬으면 하네. 그게 서로 가장 편한 방법일 테니까."

여동추는 어이가 없어서 한동안 아무 말도 하지 못한 채 멀뚱멀뚱 진양을 바라보기만 했다.

그때 여동추의 뒤에 잠자코 서 있던 무인 중 한 명이 성큼성큼 걸어왔다. 그가 진양 앞으로 바짝 다가서더니 눈을 부라리며 소리쳤다.

"네놈은 누군데 감히 여 조장님께 이래라저래라 하는 것이냐?"

진양이 그를 힐끔 보니, 나이는 여동추보다 한두 살이 더 많아 보였다. 여동추가 히죽 웃으며 말했다.

"방혁(方赫), 그만 물러나 있어라."

"예, 조장님."

방혁이라 불린 사내가 깍듯이 인사하며 물러나자, 여동추가 어깨를 으쓱이며 말했다.

"미안하게 됐네. 내 수하들이 말보다는 행동이 앞서서 말이야. 아, 소개가 늦었군. 이 친구는 부조장 방혁이라고 하네. 그리고 함께 온 다른 녀석들은 내가 이끄는 괴멸조(壞滅組) 애들일세."

"그렇군. 미안할 것 없네. 오히려 듬직해 보여서 보기가 좋네. 아이들을 데리고 올 때 호위를 잘하겠군. 저 친구들을 시키면 좋겠어."

그러자 물러나던 방혁은 물론 다른 괴멸조의 무인들도 저마다 검을 뽑아 들며 성큼 나섰다.

"주둥아리를 함부로 놀리는구나!"

분위기가 험악하게 변하자, 지금껏 멀찍이서 지켜만 보던 서요평이 욕지기를 뱉으며 다가왔다.

"니미럴! 염병하고 자빠졌네! 도대체 무슨 일인지 모르겠지만, 네놈들은 상관의 친구한테 주둥아리라고 나불거려도 되는 게냐? 그 주둥아리야말로 말라비틀어진 주둥아리구나!"

괴멸조 무인들이 내심 발끈하며 서요평을 노려보았지만 아무도 선뜻 나서지 못했다. 그들 역시 앞서 서요평이 스스로를 가리켜 사상이괴라고 했던 것을 들었기 때문이다.

이때 진양이 손을 들어 서요평을 제지하고 나섰다.

"선배님, 저는 괜찮으니 들어가서 쉬시지요."

"흥! 이깟 놈들은 혼뜨검이 나봐야 정신을 차린다!

"선배님, 그만 물러나 계셔도 됩니다."

진양이 다시 한 번 서요평을 돌아보며 말했다. 말투는 나긋나긋했지만, 서요평은 그것이 절반은 강압이나 마찬가지라는 것을 눈치챘다.

물론 천하의 서요평이 진양의 강압을 못 이겨 물러날 리야 있겠는가?

하지만 이미 약조한 바도 있고, 동생 서운지의 상황도 좋지 않은 만큼 고분고분 말을 들을 수밖에 없었다.

"쳇!"

서요평이 혀를 차고는 돌아가 버리자, 여동추를 비롯한 괴멸조는 의아한 생각이 들었다.

사상이괴 중 서요평이라는 자는 분명히 고집이 세고 남의 말을 절대 듣지 않는 것으로 유명했다.

한데 그런 서요평이 고분고분 진양의 말을 듣는다?

그것도 마치 명령에 따르는 부하 같은 느낌이지 않은가?

여동추는 고개를 갸웃거리고 생각에 잠겼다.

'가만. 그러고 보니 사상이괴라면 두 명이어야 할 텐데 어째서 한 명만 있는 거지?'

그러는 사이 방혁이 검을 '스르릉!' 뽑아 들더니 성큼 나섰다.

"조장님, 저희가 저 친구분께 무례를 좀 저질러도 괜찮겠습니까?"

여동추가 어깨를 으쓱이며 진양에게 말했다.

"이런, 이런. 내 수하들이 화가 잔뜩 난 모양일세. 어쩌겠는가? 지금이라면 내가 이 애들을 말릴 수가 있네. 하지만 자네가 자꾸 말도 안 되는 고집을 부리면 더 이상 나 역시 말릴 수가 없어. 그만 물러나게. 나는 성 관주와 대화하고 싶네."

진양도 더는 참지 못하겠는지 삿대질을 하며 소리쳤다.

"흥! 네놈의 그 싸가지없는 말투부터 고쳐라!"

"뭐야?"

순간 여동추는 자신의 귀를 의심했다.

원래 진양은 어려서부터 불의에 굴복하는 성격이 아니었다.

하지만 이처럼 무모하게 맞대고 화를 내지도 않았다. 다만 교묘하게 돌려서 상대방에게 모멸감을 주곤 했다.

그런데 지금은 그야말로 맞불을 놓는 것이나 다름없지 않은가?

상황이 점점 흉흉해지자 지켜보다 못한 성조영이 나서서 말렸다.

"양아, 그만하면 됐다. 내가 이야기해 보마."

하지만 진양은 전혀 물러날 생각이 없었다. 그는 지금 그 어느 때보다도 화가 치밀었다.

물론 임패각이 죽었을 때와 금룡표국이 멸문했을 때도 화가 났었다. 하지만 그때는 너무나 큰 슬픔이 그 분노마저 죽여 버렸다.

한데 지금은 오로지 분노만을 느끼는 것이다.

진양이 완강한 태도로 말했다.

"아닙니다, 사부님. 이런 개만도 못한 인간은 혼이 나야 정신을 차립니다! 겸이 자네가 사부님을 안전하게 모시게!"

"알, 알겠네."

단지겸이 얼결에 대답하며 성조영을 데리고 뒤로 물러났다. 사실 단지겸은 내심 겁도 났지만, 어려서부터 진양을 믿고 따르던 마음이 있었다. 때문에 걱정이 되면서도 한편으로는 진양의 태도에 속이 시원한 기분을 느낀 것이다.

두 사람이 안전하게 물러난 것을 보고 진양이 다시 삿대질을 하며 소리쳤다.

"여동추! 지금이라도 당장 무릎을 꿇고 사부님께 사죄드리게! 그렇지 않으면 내가 자네를 용서할 수가 없네!"

여동추는 이제 너무나 어이가 없어 화도 나지 않았다.

'도대체 이놈은 뭘 믿고 이렇게 설치는 거지? 혹시 저 진짜일지 가짜일지도 모를 사상이괴라는 노인을 믿고 설치는 건가?'

그때 방혁이 참지 못하고 검을 휘두르며 달려나갔다.

"더 이상은 봐줄 수가 없구나!"

그를 선두로 괴멸조 무인들이 우르르 달려나갔다.

그때였다.

쉬잇! 쉬이잇!

척척척!

학립관의 건물 지붕 위에서 흑의인들이 까마귀 떼처럼 내려서며 진양을 둘러싸는 것이 아닌가?

"멈춰라!"

그들은 우렁차게 호통 치며 두 자 정도 되는 길이의 얇은 검을 꺼내 들고 괴멸조를 노려보았다.

그들의 두 눈에서 뿜어지는 살기는 숨을 제대로 쉬기 힘들 만큼 강렬했다.

난데없이 나타난 귀영대를 보고 괴멸조는 물론 여동추도 깜짝 놀라서 뒤로 성큼 물러났다.

"누, 누구냐?"

여동추의 질문에 귀영대주 비연리가 한 걸음 나서더니 서늘한 목소리로 말했다.

"천상련 귀영대주 비연리다. 은공께 무슨 볼일이라도?"

"천, 천상련이라니? 은… 공?"

여동추가 새파랗게 질린 얼굴로 비연리와 귀영대원, 그리고 진양을 번갈아보았다.

그러다가 그의 눈은 다시 사상이괴에게 옮겨졌고, 이제야 진양의 뒤에 서 있는 흑표와 유설에게도 시선이 갔다.

놀란 사람은 비단 그뿐만이 아니었다.

성조영과 단지겸도 갑자기 나타난 귀영대를 보고 혼이 나간 사람처럼 입을 척 벌린 채 다물 줄을 몰랐다.

진양이 비연리를 향해 말했다.

"비 대주, 물러나 주시오."

"하지만……."

"약속하지 않았소? 그리고 내가 이들에게 위험할 정도로 형편없다고 생각하시오?"

진양이 전에 없이 엄한 표정으로 말하자, 비연리는 곧바로 고개를 숙이며 사죄했다.

"죄송합니다."

말을 마친 비연리가 수신호를 보내자, 귀영대가 번쩍 몸을 솟구치며 순식간에 모습을 감췄다.

그들의 경신법이 가히 놀라워 여동추를 비롯한 괴멸조는 두려움에 질린 표정으로 멍하니 서 있을 수밖에 없었다.

진양이 다시 소리쳤다.

"여동추! 어쩔 텐가?"

그제야 정신을 차린 여동추가 진양을 노려보았다.

그는 크게 숨을 들이쉬고는 찬찬히 속셈을 해보았다.

'저 사상이괴는 아무래도 가짜인 것 같다. 그리고 방금 나타난 자들이 정말 천상련의 무인일까? 그럴 리가 없다. 그렇다면 왜 저들이 모습만 보였다가 순식간에 돌아갔단 말인가? 아마도 이는 진양 녀석이 생각한 꼼수일 것이다. 이런 식으로 그럴싸한 연출을 한다면 내가 포기하고 물러갈 것이라고 생각했겠지. 조금 더 떠보면 확실히 알 수 있을 터.'

여기까지 생각한 여동추는 입꼬리를 올리며 물었다.

"뭘 어쩌겠냐고 묻는 건가? 난 성 관주와 이야기를 해야겠네만. 내가 다시 묻겠네. 비킬 텐가, 비키지 않을 텐가?"

"흥! 자네가 먼저 사부님께 무릎 꿇고 용서를 빌지 않는다면 나는 이 자리에서 한 발자국도 비킬 수 없네! 그리고 자네를 비롯한 괴멸조에게 따끔하게 벌을 주겠네!"

"하! 벌을 줘? 누가? 자네가?"

"그렇다."

진양이 두 눈에 힘을 주며 대답했다.

여동추는 마지막 진양의 대답에서 내심 확신했다.

'사상이괴는 틀림없이 가짜일 것이다. 그리고 천상련의 무인이라는 것도 가짜일 것이다. 어디서 경신법에 재주가 있는 자들을 긁어모아 잠깐 써먹은 것이겠지. 그렇지 않고서야 진양 저놈이 무슨 재주가 있어서 그런 자들과 친목을 다졌겠는가? 더구나 그런 자들이 정말 함께 있다면 제깟 놈이 직접 나설 이유가 어디에 있겠나?'

여동추로서는 아무리 생각해도 그편이 훨씬 현실적이었다.

생각해 보라.

어려서 매일같이 자신에게 두드려 맞기만 하던 아이가 어느 날 갑자기 무림 최강의 사파인 천상련의 무인을 아이 다루듯 한다?

여동추가 아닌 어느 누구라도 쉽사리 믿지 못할 이야기다.

결국 여동추는 자신의 생각을 철석같이 믿고 성큼 나섰다.

"어디 자네가 주는 그 벌을 받아보지."

진양은 그럴 줄 알았다는 듯 허리춤에서 수호필을 꺼내 들었다.

"후회하지 않겠나?"

"후후! 내가 할 말일세."

"자네 혼자 날 상대하겠나?"

여동추가 피식 웃으며 대꾸했다.

"그렇다네. 나 혼자서도 충분하지 않겠는가?"

"좋을 대로."

여동추가 혼자 나서겠다고 한 것은 만약을 대비한 것이었다. 자신이 괴멸조를 이끌고 진양 한 명을 공격한다면 세간에 퍼질 소문도 좋지 않을 것이고, 그 천상련이라고 자칭한 무인들이 나설 가능성도 크기 때문이다.

무엇보다 여동추는 진양에게 패할 것이라고는 눈곱만큼도 생각하지 않았다.

여동추가 시퍼렇게 빛나는 검을 뽑아 들고 이죽거렸다.

"보아하니 자네도 어디서 무공 좀 익혔나 보군. 체격이 예전과 많이 달라졌어."

"알아봐 주니 고맙네. 하나 아직은 부족한 것이 많다네."

"후후, 그럴 것 같군."

팟!

여동추가 말이 끝나는 것과 동시에 선공을 취했다. 나이도 같으니 굳이 선공을 양보할 이유는 없었다. 또한 그는 장도식으로부터 늘 선공이 최선이라는 말을 들어왔다.

쐐에엑!

여동추가 뿌린 검날은 빛살처럼 날아가 진양의 가슴팍을 파고들었다. 순간 진양이 몸을 빙글 돌리더니 수호필을 가로로 휙 젓자 날카로운 쇳소리가 울리며 그의 검이 튕겨 나갔다.

그 반동으로 여동추가 휘청 물러나자, 진양은 그 틈을 놓치지 않고 바짝 파고들었다. 여동추는 황급히 왼손을 뻗으며 장력을 발출했다.

순간 진양과 여동추 사이에 요란한 폭음이 터지고 두 사람은 멀찍이 떨어졌다.

서로가 장풍을 주고받은 것이다.

여동추는 내심 등줄기가 서늘해지는 것을 느꼈다.

'이 녀석! 언제 이렇게 무공을 익혔지?'

사실 그는 은연중에 진양을 무시하고 있었다.

아무리 세월이 흘러 진양의 덩치가 커지고 체격이 단단해졌다지만, 그에게는 어렸을 적 연약한 진양의 모습이 남아 있었던 것이다.

한데 검을 섞어보니 뜻밖에도 묵직한 힘이 실려 있는 것이 아닌가?

여동추는 검의 손잡이를 힘주어 쥐고는 조소를 머금었다.

"제법이군."

한데 이번에는 진양이 재빠르게 여동추의 품으로 파고들었다. 여동추는 진양이 이처럼 민첩하게 움직일 것이라곤 생각하지 못했기에 깜짝 놀라서 뒤로 훌쩍 물러났다.

하지만 진양은 한 번 노린 먹잇감을 끝까지 쫓는 맹수처럼 끈질기게 물고 달려들었다.

쐐에엑!

진양의 수호필이 날카롭게 파공음을 일으키며 여동추의 가슴을 노리고 날아들었다. 여동추는 흠칫 떨며 순간적으로 몸을 뒤틀었다. 찰나 진양의 필봉이 그대로 여동추의 왼쪽 어깨 중부혈(中府穴)을 내찔렀다.

"악!"

여동추의 입에서 비명이 튀어나왔다.

하지만 필봉이 내력을 온전히 머금지 못했는지 은잠사가 휘청 구부러지며 여동추의 고통도 잠깐에 지나지 않았다. 순간 노기가 치밀어 오른 그가 기합성을 터뜨리며 무섭게 검을 휘둘러 갔다.

그사이에 진양이 머리를 슬쩍 숙여 검을 피하더니 왼손을 휘둘러 여동추의 오른뺨을 철썩 때리는 것이 아닌가.

"아얏!"

졸지에 뺨을 얻어맞은 여동추는 깜짝 놀라면서도 더욱 화가 치솟았다.

"이 자식이!"

그가 다시 욕지기를 뱉어내며 검을 곧장 내찔러 갔다.

한데 이번에도 검봉이 진양의 복부를 찌르기도 전에 진양의 수호필이 먼저 여동추의 왼뺨을 후려쳤다. 은잠사가 적당한 탄력을 일으키며 뺨을 치니 손으로 때렸을 때와 마찬가지로 '철썩!' 하는 소리가 났다.

여동추는 머리끝까지 화가 치밀어 이제 앞뒤 가리지 않고 덤벼들기 시작했다. 공격을 할 때마다 번번이 아슬아슬한 차이로 진양에게 당해 버리니 약이 바짝 오른 것이다.

하지만 여동추는 그것이 진양이 노리는 바라는 것을 전혀 알지 못했다.

만약 진양이 마음먹고 여동추를 상대했더라면, 아마도 지금의 그로서는 진양에게 일초반식도 되지 못할 상대일 것이다.

하나 진양은 여동추에게 몹시 화가 난 상태였기 때문에 그가 약이 오르게끔 힘을 조절하고 있었던 것이다.

여동추는 곧장 검을 마구잡이로 퍼붓기 시작했다.

이를 지켜보던 서요평은 혀를 끌끌 차며 혼잣말로 중얼거렸다.

"글렀군, 글렀어. 저딴 무공을 어디에 내세운다고? 흥!"

그리고 마치 그의 말을 증명이라도 하듯 진양의 수호필과 손바닥이 연신 여동추의 뺨을 후려치기 시작했다.

쐐엑!

철썩!

쐐에엑!

철썩!

연이어 뺨을 얻어맞자 여동추는 양 볼이 시뻘겋다 못해 푸르뎅뎅하게 물들어 버렸다.

나중에는 여동추가 공격을 하는 것인지 방어를 하는 것인지조차 알 수 없는 지경까지 이르렀다.

여동추의 뒤에 도열해 있던 괴멸조 역시 당황한 기색이 역력했지만 선뜻 나서지는 못했다. 우선 진양과 함께 있는 자들이 얼마나 강한지 알 수가 없었고, 자신들의 조장이 혼자 싸우겠다고 호언장담한 상황에서 전체가 달려든다면 이기고도 강호의 비난을 피하기가 어려울 터였다.

여동추는 이제 맞서 싸울 힘도 없었지만, 진양에게 뺨을 맞지 않기 위해서라도 검을 휘두를 수밖에 없었다.

이를 지켜보던 성조영과 단지겸은 그저 넋을 빼놓은 사람처럼 멍하니 서 있을 뿐 말은 한마디도 내뱉지 못했다. 그들의 머릿속에는 같은 생각이 떠오르고 있었다.

'정말 저게… 내가 알던 양진양이 맞는가?'

그러는 사이 연신 뺨을 두드려 맞던 여동추가 더는 못 참겠는지 털썩 무릎을 꿇고 눈물을 줄줄 흘리며 애걸했다.

"졌다! 내가 졌어!"

그제야 진양은 손을 거두고는 물러났다.

"그럼 사부님께 용서를 빌게."

여동추는 소매로 눈물을 훔치더니 저벅저벅 걸어왔다. 그런데 그가 막 성조영 앞에서 무릎을 꿇으려는데, 부조장 방혁이 달려와 여동추의 소매를 잡았다.

"조장님! 안 됩니다!"

그러자 진양이 수호필을 들어 올리며 눈에 힘을 주었다.

"흥! 이제 와서 더 해보겠다는 건가?"

그때였다.

더는 참지 못한 방혁이 순식간에 허리춤에서 검을 뽑아 들더니 진양의 옆구리를 향해 베어 들어갔다. 몹시 가까운 거리였고, 방혁은 쾌속한 발검이 특기였기에 충분히 벨 수 있으리라는 확신이 있었다.

하지만 그 순간 진양이 간발의 차로 뒤로 한 걸음 물러났다. 이어서 누군가 말릴 새도 없이 그림자 하나가 바람처럼 스며들더니 '휙!' 소리와 함께 푸른 빛줄기가 방혁의 어깨를 스쳐 지나갔다.

순간 방혁의 오른팔이 검을 쥔 채로 바닥에 툭 떨어졌다.

방혁은 두 눈을 부릅뜨며 경악하더니 곧이어 고통스런 비명을 내질렀다.

"아아아악!"

"부조장님!"

괴멸조원들이 일제히 소리치며 방혁에게 달려왔다.

하지만 그들 중 누구도 검을 뽑아 들지는 못했다.

진양 앞에는 얼음장처럼 차가운 표정으로 흑표가 서 있었던 것이다.

그가 뱀처럼 섬뜩한 눈을 부라리며 말했다.

"만약 양 소협이 너희의 사정을 봐주지 않았다면 이 자리에 살아남은 자가 없었을 것이다. 한데도 주제를 모르고 설치다니, 과연 삼류 문파의 제자답구나!"

그의 서슬 퍼런 소리에 괴멸조원들은 모골이 송연해졌다.

누구보다도 놀란 사람은 여동추였다.

아무리 자신이 깔보던 상대더라도 어느 순간 적응하지 못할 정도로 변해 있다면 그건 시기나 질투를 넘어서서 공포심을 불러일으키는 법이다.

그는 진양을 보는 순간 더럭 겁이 나기 시작했다. 이제야 진양의 무공이 자신은 쳐다보기도 힘들 만큼 한참 윗길이라는 것이 느껴진 것이다.

그는 후들거리는 다리를 주체하지 못하고 그 자리에 털썩 무릎을 꿇었다. 그리고 성조영을 향해 넙죽 엎드리더니 부르

짖듯이 소리쳤다.

"사부님! 제자의 무례를 부디 용서하십시오! 제자 여동추가 죽을죄를 지었습니다!"

한편 성조영은 갑자기 일어난 이 일에 아직도 적응이 되지 않았다.

그는 진양이 건강하게 자랐다고는 여겼지만, 이토록 강해졌으리라고는 생각도 못한 터였다.

성조영이 얼떨떨한 태도로 답했다.

"괜, 괜찮네. 그만 일어나게나."

"감사합니다, 사부님!"

여동추는 다시 한 번 꾸벅 절하고는 몸을 일으켰다. 하지만 후들거리는 다리에 좀처럼 힘이 들어가지 않아 자꾸만 비틀거렸다.

진양이 여동추를 바라보다가 다른 괴멸조를 둘러보며 말했다.

"반드시 기억해야 할 것이다. 아이들에게 무슨 일이 생긴다면 내가 가만있지 않을 것이다. 내일 정오까지 학립관에서 데려간 모든 아이들을 데리고 이곳으로 돌아오도록."

괴멸조원 중 누군가 대답했다.

"알, 알겠소이다!"

그러더니 그들은 망연자실해 있는 여동추와 고통에 몸부

림치는 방혁을 데리고 정문을 향해 달려갔다.

학립관을 벗어난 그들은 학립관 건물이 보이지 않을 때까지 쉬지 않고 달렸다.

얼마나 달렸을까?

숨도 쉬지 않고 내달리던 여동추가 도중에 우뚝 멈춰 섰다.

뒤따라 달리던 괴멸조원이 황급히 멈춰 서며 그를 불렀다.

"조장님?"

"……."

"조장님, 어서 가시지요."

하지만 여동추는 꿈쩍도 하지 않았다.

대신 그의 표정에 뒤늦은 분노와 수치심이 떠오르기 시작했다.

괴멸조원도 여동추의 심기가 불편한 것을 눈치채고는 더는 재촉하지 않았다.

여동추는 한옆으로 걸어가더니 숲길 한쪽에 심어진 애꿎은 나무를 주먹으로 '쾅!' 후려쳤다. 나뭇잎이 우수수 소리를 내며 떨어졌다.

"제미랄!"

여동추는 아무리 생각해도 이해할 수가 없었다.

도대체 그토록 약골이었던 진양이 어디서 무슨 기연을 얻었기에 그처럼 강해졌단 말인가?

그가 몸을 돌리더니 조원 한 명을 가리키며 불렀다.

"너."

"옛!"

"학립관에서 아이들을 모두 돌려달라고 한다. 어떻게 하는 게 좋다고 생각하나?"

갑작스런 질문에 지목당한 조원은 머뭇거리다 더듬더듬 말을 이었다.

"제, 제 생각에는 관주님께 먼저 보고를 올리는 것이……."

짝!

여동추의 손이 거침없이 조원의 뺨을 후려쳤다.

"정신 차려라! 관주님은 지금 천상련에 조문을 가시고 없는데 내일 정오까지 어떻게 보고를 올리고 의견을 들을 수 있겠나?"

"죄, 죄송합니다."

조원이 머리를 숙이며 쩔쩔매자 여동추는 콧방귀를 뀌더니 다른 자를 가리켰다.

"너."

"예? 옛!"

"어떻게 생각하나?"

"그보다 먼저… 부조장님을 데리고 빨리 돌아가시는 것이……."

짝!

이번에도 거침없이 여동추의 손바닥이 조원의 뺨을 후려쳤다. 조원이 그 힘을 이기지 못해 휘청거리며 두어 걸음이나 물러갔다.

"닥쳐라! 팔 하나 잃는다고 목숨엔 지장이 없다! 호들갑 떨지 마라!"

"옛!"

원래 여동추는 조직을 이끌 만한 인성이 되지 못했다. 다만 사부인 장도식의 비위를 잘 맞추며 비열한 짓을 곧잘 했기에 일찌감치 그의 눈에 들었던 것이다.

그런 그가 수하의 부상에 눈 하나 깜짝할 리가 없었다.

그가 다시 다른 자를 지목했다.

"네가 말해봐!"

"그게… 놈들에게 이대로 굴복한다면 무적관의 수치입니다. 무슨 수를 써야 합니다!"

"그래서 무슨 수를?"

"돌아가서 그 아이들을 모조리 철혈문으로 보내는 것이 어떨는지요? 그럼 철혈문에서도 본 관을 위해 힘을 보태지 않겠습니까?"

여동추가 턱을 괴고 가만히 생각하더니 고개를 저었다.

"그건 안 돼. 학립관에서는 아이들을 내일 정오까지 돌려

보내라고 했다. 한데 그때까지 우리는 철혈문과 연락이 닿지 못할 것이다. 또 하나, 정말로 양진양 그놈이 천상련과 연이 닿아 있다면 우리는 돌이키기 힘든 실수를 하는 것이다."

그러자 잠자코 있던 한 조원이 나서서 말했다.

"그럼 우선 그들의 말대로 아이들을 돌려보내 주는 것이 어떻습니까? 그 후에 철혈문에 이 사실을 알려 그들의 힘을 빌린 후 다시 압박하는 것이 어떨는지요?"

여동추가 조원을 돌아보며 고개를 천천히 끄덕였다.

"확실히 지금으로서는 그 방법이 최선이겠군."

그가 인정하자 조원은 용기를 내어 말을 보탰다.

"조만간 관주님도 돌아오시고 무적관의 주요 세력이 모이게 되면 학립관에서도 얼마나 큰 실수를 했는지 뼈저리게 느낄 것입니다."

여동추는 지금까지 들은 대답 중에서 그의 대답이 가장 마음에 들었다.

그가 고개를 끄덕이며 말했다.

"좋아, 그게 좋겠어. 그럼 오늘은 이만 돌아가지."

"예, 조장님!"

괴멸조원들이 일제히 대답하며 여동추의 뒤를 따랐다.

한편 괴멸조가 부리나케 달아나고 나자, 서요평이 혀를 끌

끌 차며 몸을 돌렸다.

"쳇! 오합지졸들이로구만. 이젠 별 시시한 것들까지 다 설치고 다니는군."

그는 연신 투덜거리면서 방으로 돌아갔다.

반면 성조영과 단지겸은 아직까지도 어리둥절한 표정으로 진양을 바라보았다.

그들은 진양이 이제 완전히 다른 사람처럼 느껴지고 있었다. 때마침 진양이 몸을 돌려 성조영에게 다가와 공손히 말했다.

"사부님, 놀라게 해드렸다면 죄송합니다."

"아, 아니다. 그보다 너의 무공이 이렇게 높은 경지에 이르러 있을 것이라곤 생각지도 못했구나."

평생 대별산의 학립관에서만 지낸 성조영으로서는 무인들의 싸움을 구경해 본 적이 거의 없었다.

사실 진양과 여동추의 싸움은 그야말로 동네 파락호들의 싸움과 별반 다를 바가 없었지만, 그에게는 매우 거칠게 느껴진 것이다.

진양이 부드럽게 웃으며 대꾸했다.

"여러 좋은 분들과 인연이 닿은 덕입니다."

"그 인연 또한 네가 만들어가는 것이 아니겠느냐? 어쨌든 오늘은 여러 가지로 네게 신경 쓰게 만들었구나. 한데 정말로 여동추가 아이들을 데리고 돌아올지도 모르겠다."

그러자 단지겸이 발끈하며 나섰다.

"제까짓 게 데리고 오지 않으면 어쩌겠습니까? 진양이 그 놈을 혼쭐을 내줬으니 겁을 먹고 분명히 데리고 올 것입니다."

단지겸은 마치 자기가 여동추를 물리친 양 목에 힘을 주며 말했다.

사실 그 역시 진양이 이처럼 놀라운 무공을 익혀 속 시원하게 이길 줄은 생각지도 못했다. 내심은 진양을 응원하면서도 혹시 크게 다칠까 봐 노심초사하고 있었다.

적어도 단지겸이 아는 한 학립관 출신 중에서 지금의 여동추를 이길 수 있는 사람은 없었던 것이다.

한데 그 여동추를 뒤도 돌아보지 않고 달아나게 만들었으니 어찌 속이 시원하지 않으랴.

진양이 단지겸의 어깨를 토닥이며 말했다.

"우선은 기다려 보세. 그리고 지겸이 말대로 되지 않는다고 하더라도 그들이 생각이 있다면 무모한 행동은 하지 않을 것입니다."

최악의 상황이라도 아이들에게 손을 대는 일은 없을 것이란 뜻이었다.

성조영도 그 말뜻을 알아듣고 고개를 끄덕였다.

"그래야지. 암. 이럴 것이 아니라 어서 들어가세. 그리고 자세한 이야기를 나눠보세."

"예, 사부님."

진양은 그날 밤이 깊도록 성조영과 단지겸을 마주하고 이야기를 이어갔다. 대체로 그동안 살아온 이야기를 나누었고, 내일 여동추가 아이들을 데려올 것인가에 대해서도 이야기했다.

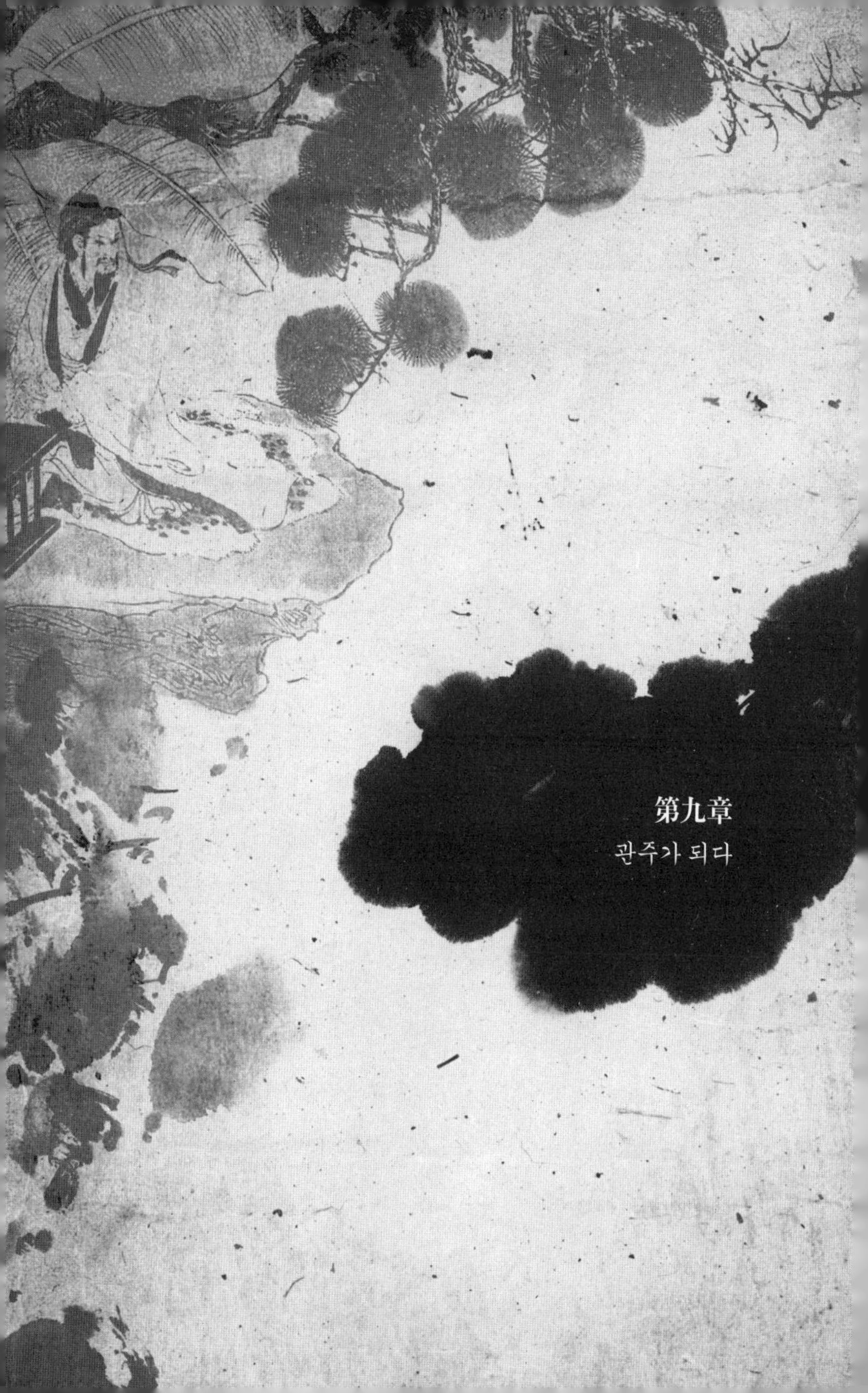

第九章

관주가 되다

다음날 여동추는 약속대로 학립관에서 데려간 아이들을 모두 데리고 돌아왔다.

아이들은 모두 합해서 스무 명 가까이 됐는데, 몸 여기저기가 멍들어 있었고, 두 눈빛은 잔뜩 기가 죽어 있었다.

성조영은 아이들의 겁먹은 표정을 보자 마음이 찢어지는 듯하여 절로 눈물이 줄줄 흘러내렸다.

지금까지 그는 여동추를 대할 때 마음 한구석에 연민을 두고 있었다.

여동추 역시 한때 자신의 제자였고, 어려서부터 충분한 사랑을 받지 못해서 성격이 삐뚤어진 것이라고 여겼던 것이다. 해서 여동추가 잘못을 저지르고 있다는 걸 알면서도 모든 분노를 무적관의 관주인 장도식에게만 표출했을 뿐 여동추에게 만큼은 아무런 말도 하지 않았던 것이다.

한데 막상 아이들의 초췌한 몰골을 보니 그동안 참고 눌러왔던 노기가 한꺼번에 터지는 듯했다.

그가 여동추에게 저벅저벅 다가가더니 한순간의 망설임도 없이 따귀를 철썩 올려붙였다.

성조영으로서는 손바닥이 화끈거릴 정도로 힘을 실은 것이었지만, 무공을 익힌 여동추로서는 그리 아픔을 느낄 정도가 아니었다.

다만 어제 진양에게 따귀를 맞아 두 뺨이 여전히 부어오른 상태였고, 한 번도 맞아본 적이 없는 성조영에게 손찌검을 당하니 내심 분기가 치밀어 올랐다.

그렇다고 진양이 지켜보는 앞에서 속내를 드러낼 수는 없어 입술을 질끈 씹으며 성조영을 노려보기만 할 뿐이었다.

성조영이 엄한 목소리로 꾸짖었다.

"여기 이 아이들은 너의 아우들이 아니더냐? 다른 사람들이 이 아이들에게 해코지를 하더라도 너만은 나서서 말려야 하는 것이 아니냐? 그래도 나는 이 아이들을 보내면서… 조금은… 조금은 너를 믿었건만……!"

"흥!"

여동추가 코웃음을 치며 외면하자, 성조영은 다시 화가 치밀어 올랐다.

그가 다시 소리치며 손을 휘둘렀다.

"네가 그래도 잘못을 뉘우치지 못하는구나!"

그 순간 참고만 있던 여동추가 성조영의 손목을 '탁!' 소리 나도록 낚아챘다. 이어서 그의 오른손이 성조영을 당장에라도 칠 듯 치켜 올라갔다.

옆에 서 있던 진양이 깜짝 놀라 소리쳤다.

"여동추!"

그의 목소리가 학립관 마당에 쩌렁쩌렁 울리니, 잔뜩 겁을 집어먹고 있던 몇몇 아이들은 그 자리에 주저앉는가 하면, 끝내 울음을 터뜨리기도 했다.

단지겸과 유설이 아이들을 다독이며 다른 대청으로 데려가고 나서야 안마당이 그나마 조용해질 수 있었다.

그러는 동안 여동추는 오른손을 들어 올린 채로 성조영을 노려보기만 했다.

성조영 역시 당장 그의 손에 맞아죽는다고 해도 상관없다는 듯 큰 목소리로 외쳤다.

"쳐라! 이 망나니 같은 녀석! 이제 아이들이 모두 돌아왔으니 나를 죽이든 말든 네 마음대로 해라!"

여동추는 오른손을 부들부들 떨었다. 그의 오른손에는 내기가 실렸고, 두 눈에서는 살기마저 느껴졌다.

진양이 위압감이 실린 목소리로 말했다.

"여동추, 사부님을 놓아드리게."

여동추가 곁눈질로 진양을 힐끔 보았다.

그러고도 한참 후에야 그가 성조영의 손목을 뿌리쳤다.

"에잇! 니미럴!"

성조영은 휘청거리며 물러나더니 결국 엉덩방아를 찧으며 쓰러졌다.

여동추가 성조영을 향해 소리쳤다.

"나는 일평생 나만 믿고 살아왔다! 내게는 피를 나눈 형제가 없다! 나는 당신에게서 글 몇 자를 배웠을 뿐. 그걸로 평생 사부로 모시며 따르길 바란다면 차라리 돈 몇 푼을 주고 말겠어!"

그러더니 그가 진양을 홱 돌아보며 재차 소리쳤다.

"오늘은 이만 물러가지! 하지만 이번 일로 반드시 후회할 날이 올 것이다!"

말을 마친 여동추는 괴멸조를 이끌고 학립관을 나갔다.

진양은 그 뒷모습을 물끄러미 바라보다가 성조영을 안아 일으켰다.

"괜찮으십니까, 사부님?"

"괜찮다. 내 걱정은 하지 않아도 된다. 그보다 아이들을 살펴봐야겠다."

"유 낭자와 겸이가 아이들과 함께 있으니 너무 걱정 마십시오."

"너에게 여러모로 신세를 지는구나."

"신세라니요. 별말씀을 다 하십니다. 사부님과 아우들을 위한 일인 걸요. 어제도 말씀드렸지만, 학립관의 일은 곧 제 일과 다름없습니다."

성조영은 진양의 부드러운 목소리를 들으며 천천히 고개를 끄덕였다.

그러다가 문득 생각을 굳힌 듯 진양을 보더니 진중한 표정으로 말했다.

"양아, 내 너에게 중요하게 할 말이 있으니 겸이를 데리고 대학당(大學堂) 대청으로 오너라. 음, 너와 함께 온 분들도 그곳으로 모셨으면 하는구나."

대학당은 관주를 비롯한 학립관의 사부들이 머무는 곳이자, 회의를 진행하는 대청이 있는 곳이기도 했다.

진양은 갑자기 성조영이 정색을 하며 말하자 까닭 모를 걱정에 물었다.

"무슨 말씀을 하시려는 겁니까?"

"그건 모두가 있는 자리에서 말하마. 너는 어서 그들을 데리고 오도록 해라."

말을 마친 성조영은 걸음을 성큼성큼 옮겨 대학당으로 갔다.

진양은 궁금증을 가슴에 품은 채 일행을 데리러 갈 수밖에 없었다.

진양이 단지겸과 일행을 모두 데리고 대학당 대청에 도착하자, 이미 성조영은 커다란 탁자에 차를 가져다 놓고 기다리고 있었다.

모두가 자리에 앉자 성조영이 차를 권했다.

다들 아무 말 없이 차 맛을 음미하는데, 아까부터 궁금증을 참지 못한 진양이 불쑥 물었다.

"사부님, 하실 말씀이 무엇인지요?"

"허허, 성격도 급하구나. 아직 차 맛도 보지 않았잖느냐?"

"예……."

진양이 머쓱한 표정으로 고개를 주억거리고는 찻잔을 들었다.

성조영은 그런 진양을 보고 빙그레 웃어 보인 후 좌중을 둘러보며 천천히 입을 열었다.

"오늘 여러분을 모신 것은 제가 양이에게 전할 말이 있어서입니다. 어제 들은 바로는 여러분 모두가 앞으로 양이와 운명을 함께하신다니, 지금의 이야기도 모두가 함께 듣는 것이 옳을 듯했습니다."

그러자 단지겸이 고개를 갸웃거리고 물었다.

"사부님, 그럼 저는 이 자리에서 빠지는 것이 좋지 않겠습니까?"

"아니다. 너도 들어야 할 이야기다."

그러자 단지겸은 더욱 의아한 생각이 들었다.

하지만 감히 더 묻지는 못하고 가만히 기다렸다.

진양도 궁금한 눈빛을 보내자, 성조영이 똑바로 바라보며 말했다.

"양아, 앞으로 네가 이곳 학립관을 맡아주었으면 한다."

"예? 그게 무슨 말씀이십니까?"

진양이 깜짝 놀라서 반문하자, 성조영이 낯빛 하나 흔들리지 않고 대꾸했다.

"말한 그대로다. 네가 앞으로 학립관의 관주가 되도록 해라."

진양이 자리에서 벌떡 일어나더니 그대로 무릎을 털썩 꿇었다.

"사부님, 감당할 수 없는 말씀입니다! 거두어주십시오!"

"나는 네게 명령을 하는 것이 아니다. 부탁을 하는 것이란다."

"사부님이 이처럼 정정하신데 어찌 제가 학립관을 떠맡을 수 있겠습니까?"

"내가 이 학립관을 완전히 떠나겠다는 것이 아니다. 나는 계속 머물더라도 네가 관주의 자리에서 이 학립관을 이끌어 가주었으면 하는 것이란다. 너는 총명한데다 무공도 뛰어나니 충분히 학립관을 지킬 수 있지 않겠느냐?"

"하지만……."

"동추는 어려서부터 사랑을 받지 못했다. 그 아이의 부모는 동추를 낳자마자 길에 버렸고, 동추를 길에서 주운 사람은 동추가 어렸을 때부터 돈벌이로 이용만 했다. 그 후에도 동추는 학립관에 올 때까지 갖은 고생을 하며 지냈다. 그것이 동추의 성격을 형성하게 된 것일지도 모른다. 하지만 내가 동추를 잘 보듬지 못해서 결국 오늘날 같은 일까지 벌어지고 말았다."

"그것이 어찌 사부님의 잘못이겠습니까?"

진양이 다그쳐 물었지만 성조영은 고개를 내저었다.

"양아, 그런 책임감도 없이 어찌 내가 너희의 사부라고 할 수 있겠느냐? 이제 그만 내가 짊어졌던 무거운 짐을 내려놓고 싶구나. 다행히 너는 학당을 차리기 위해서 이곳으로 왔다고 하지 않았느냐? 그렇다면 이 학립관을 네가 물려받도록 해라. 서로 시기가 잘 맞았으니 어쩌면 이 또한 하늘의 뜻일 게다. 그리고 관주의 자리가 권력의 자리라고 생각하지 않는다면 너 또한 마냥 사양할 일만은 아닐 것이다."

진양은 성조영의 말에 어찌 대답을 해야 할지 알 수가 없었다.

성조영의 말대로 학립관의 관주는 강호 문파의 문주와는 다른 의미다.

그때 단지겸이 진양을 보며 말했다.

"사부님은 오래전부터 이 문제를 놓고 고심하셨네. 누군가에게 학립관을 넘겨주기로 말이야. 하지만 누구에게 양도해야 할지 확신이 서지 않으셨지. 처음에는 내게 학립관을 맡아달라고 말씀하셨지만, 나 역시 자신이 없어 완강히 거절했네. 결국 학립관 운영은 점점 어려워졌고, 아이들을 가르치던 자도 하나둘 떠나갔네. 결국 나만 마지막까지 남았지. 사부님과 나는 학립관을 정리하기로 했다네. 지금 맡고 있는 아이들만 잘 보살펴 주기로 한 것일세."

성조영이 말을 받았다.

"하지만 무적관에서 다시 학립관을 가만두지 않더구나. 그럴 즈음에 양이 네가 온 거란다. 한데 너는 글을 깊이 이해하면서도 무공까지 뛰어나니 그 누구보다 학립관을 잘 지켜낼 수 있지 않겠느냐? 게다가 넌 학립관 출신이니 더욱 애정을 가지고 아이들을 잘 보살필 수 있을 거라고 생각한다."

"사부님, 저는 정말 너무나 갑작스러운 말씀이라 어찌 받아들여야 할지 모르겠습니다."

그때 곁에 앉아 있던 유설이 넌지시 말했다.

"제 생각에는 양 소협이 사부님의 의발을 전수받는 것이 좋다고 생각해요. 이대로 학립관이 없어진다면 더욱 슬픈 일이 아니겠어요? 흑 선배님은 어떻게 생각하세요?"

그녀가 흑표를 돌아보자, 그 역시 고개를 끄덕이며 대답했다.

"나 역시 같은 생각이오. 굳이 마다할 이유가 없지."

그때 지루한 표정으로 차만 마시고 있던 서요평이 불쑥 끼어들었다. 서운지가 부상을 입은 관계로 그 혼자만 자리에 참석한 것이다.

"그딴 귀찮은 것을 왜 해? 안 하는 게 낫지!"

그 말에 단지겸은 내심 발끈했지만, 어제 진양으로부터 서요평에 대해 미리 들은 말이 있어 '끙' 소리만 내며 참았다.

대신 그가 진양을 돌아보며 말했다.

"자네가 정말 귀찮다고 생각하는 게 아니라면 받아들이게."

"그럴 리가 있겠는가? 다만 내가……."

"지금 자네가 학립관의 관주가 된다고 해서 누구도 자네를 흉보지 않을 것이네. 또한 자네가 자만에 차 있다는 생각도 하지 않네. 그러니 복잡한 생각일랑 일절 거두고 학립관을 위해 나서주게나."

진양은 단지겸의 이야기를 들으며 곰곰이 생각해 보았다.

사실 그로서도 딱히 거절할 이유가 없었다.

다만 갑자기 나타나서 학립관의 관주가 되는 것이 겉으로 보기에 모양새가 썩 자연스럽지 못한 것이 마음에 걸린 것이다.

하지만 그는 곧 생각을 고쳐먹었다.

'이는 천상련의 창천당주와는 다른 문제다. 내가 망설일 이유가 무엇이 있겠는가? 세간의 이목이 두려운 것이라면 앞으로 내가 무엇을 과감히 시도할 수 있겠는가? 실로 중요한 것은 내 내면의 진실성이 아니겠나?'

여기까지 생각이 미치자 진양은 결론이 분명하게 났다.

그가 고개를 끄덕이며 말했다.

"알겠습니다. 사부님의 뜻을 받아들이겠습니다."

그 말에 성조영과 단지겸의 표정이 환하게 밝았다.

성조영이 진양의 손을 덥석 잡았다.

"잘 생각했다, 양아!"

"부족한 것이 많겠지만 최선을 다해보겠습니다."

"하하하! 더도 말고 덜도 말고 이곳 아이들이 너만큼 성장한다면 나는 바랄 것이 없겠구나."

"과찬입니다, 사부님."

진양이 부끄럽게 웃었다.

하지만 성조영은 한 가지 사실을 모르고 있었다.

학립관의 모든 아이들이 진양만큼만 성장한다면 천하의 무림고수가 모조리 학립관에서 나오는 것이나 다름없다는 것을.

그날 밤 성조영은 곧바로 술상을 열어 조촐하게나마 잔치를 벌였다. 학립관의 전통대로 관주 임명식을 거창하게 치르지는 않았지만, 대별산의 작은 학관으로서는 큰 변화를 맞이하는 순간이었다.

진양은 다음날부터 부지런히 움직이기 시작했다. 제일 먼저 아이들을 가르칠 사람이 부족했기에 그는 유설과 흑표에게 사부가 되어줄 것을 부탁했다.

두 사람 모두 처음부터 학당을 차리게 되면 그럴 생각이었기에 아무런 이의 없이 받아들였다.

다음으로 진양은 사상이괴를 찾아갔다.

서요평은 예상했던 대로 쌀쌀맞은 태도로 진양을 맞이했다.

그는 방문을 턱 가로막은 채 물었다.

"무슨 일로 찾아온 것이냐?"

"두 분께 부탁드릴 일이 있습니다."

"흥! 네놈 부탁을 내가 들어줄 것 같으냐?"

진양이 웃으며 대꾸했다.

"죄송하지만 서요평 선배님께서는 결정권이 없으십니다. 지난번에 약속하셨지요? 제 부탁의 모든 결정은 서운지 선배님이 하시는 것으로요."

"쳇!"

말문이 막힌 서요평이 혀를 차며 방 안으로 들어갔다.

"지야, 진양이 부탁을 한다는구나! 너는 절대 들어주면 안 된다!"

"하하! 무슨 이야기인지는 알아야지요."

서운지가 사람 좋게 웃으며 진양을 맞이했다. 그는 며칠 쉬어서인지 전보다 훨씬 혈색이 좋아진 얼굴이었다.

"어서 오시오, 양 소협. 정말 이렇게 편한 곳을 마련해 줘서 고마울 따름이오. 그래, 부탁이라면 무엇인지……?"

"자리가 편하시다니 다행입니다. 사실 부탁이라는 것은 다름이 아니라 학립관의 아이들에게 두 분이 내공심법을 가르쳐 주십사 하는 것입니다."

진양은 자신이 어쩌다가 학립관 관주가 되었는지, 그리고 아이들을 가르칠 사람이 부족하다는 실정 등을 설명했다. 끝으로 어떤 방식으로 학립관을 이끌어갈 것인지에 대해서도 덧붙였다.

"물론 아이들을 무조건 무인으로 만들겠다는 생각은 없습니다. 다만 몸이 튼튼해진다면 그만큼 정신도 맑아질 것이라고 생각합니다. 그리고 아이들의 주된 공부는 제가 가르치는 서예가 될 것입니다."

진양이 이야기를 마치자, 서요평이 제일 먼저 반기를 들며 거절하겠다고 소리쳤다. 하지만 이는 충분히 예상한 바였기에 진양은 신경도 쓰지 않고 서운지의 대답만 기다렸다.

서운지가 싱글싱글 웃으며 말했다.

"물론 양 소협의 부탁이니 마땅히 들어드려야지요. 더구나 우리의 내공심법은 천하에서 가장 훌륭하다고 자부할 수 있소. 분명히 아이들에게 도움이 될 것이오."

"감사합니다, 선배님. 그런데 그전에 또 한 가지 청이 있습니다."

"무엇이오?"

서운지가 여전히 미소 짓는 얼굴로 물었다.

서요평은 그것 보라며 부탁을 들어주면 버릇이 된다고 고래고래 소리쳤다.

진양은 이번에도 개의치 않고 서운지만 보고 말했다.

"두 분은 앞으로 한 달간 무공을 서로에게 가르쳐 주시기 바랍니다."

"서로에게 가르치라면……?"

"말씀드린 대로 본인의 무공을 상대에게 가르치라는 뜻이지요. 서운지 선배님은 서요평 선배님에게, 반대로 서요평 선배님은 서운지 선배님에게."

이번에도 역시 서요평이 먼저 발끈했다.

"그게 무슨 개방귀 뀌는 소리냐? 우리가 왜 그런 바보 같은 짓을 해야 한단 말이냐?"

"그냥 제 요구 사항일 뿐입니다."

그러자 역시나 매사에 긍정적인 서운지가 껄껄 웃으며 말했다.

"알겠소이다. 양 소협이 바란다면 그리하지요. 형님, 양 소협은 우리를 이처럼 배려하니 우리도 그의 말을 따르도록 합시다."

서요평은 내심 불만이 가득했지만 차마 더는 떠들지 못했다. 매사에 부정적인 그는 자칫 더 이야기했다간 진양이 당장 자신들을 내쫓을지도 모른다고 생각한 것이다. 어쩔 수 없이 서요평은 울며 겨자 먹는 심정으로 수락할 수밖에 없었다.

진양은 감사의 뜻을 전하며 사상이괴의 방을 나왔다.

'저 두 사람은 심법이 너무 극양과 극음으로 치우쳐 있어 올바른 수련이 되지 못할 수도 있다. 아이들을 가르치기 전에 먼저 저들의 심법을 바로잡는 것이 우선이다.'

진양은 이제 본당의 대청 앞마당으로 걸어갔다.

너른 마당 중앙에 홀로 우뚝 멈춰 선 진양이 허공에 대고 불렀다.

"귀영대주."

"부르셨습니까, 은공?"

진양의 말이 떨어지기가 무섭게 허공에서 목소리가 들리는가 싶더니, 어느새 그의 곁으로 검은 그림자가 내려섰다. 귀영대주 비연리였다.

진양이 그를 보고 물었다.

"풍 련주님께서 얼마 동안이나 나를 호위하라고 하셨소?"

"십 년입니다."

진양의 두 눈이 휘둥그레졌다.

풍천익의 성품을 익히 알고 있기에 그 기간이 꽤나 길 것이라고 짐작은 했지만, 십 년이나 될 줄은 생각도 하지 못했다.

"십 년 동안이나 나를 호위하라 지시했단 말이오?"

"그렇습니다, 은공."

"하면 내가 그대에게 부탁을 한다면……."

"은공의 명령은 무엇이든 따르라 하셨습니다. 안심하십시오."

진양은 비연리를 가만히 바라보다가 결심을 굳힌 듯 말

했다.

"좋소, 그럼 앞으로 비 대주에게 서슴없이 부탁하겠소."

"영광입니다."

"비 대주도 알고 있겠지만, 나는 학립관의 관주가 됐소. 비 대주를 비롯해 귀영대원들은 나를 '관주'라고 불러주시면 좋겠소."

"명심하겠습니다, 관주님."

"앞으로 그대들은 학립관의 무인이오. 적어도 십 년 동안은 천상련보다 학립관을 우선에 둬야 할 것이오. 괜찮겠소?"

이번에는 비연리도 흠칫거리더니 곧바로 대답을 하지 못했다.

진양이 그 낌새를 눈치채고 곧바로 말했다.

"싫다면 지금이라도 천상련으로 돌아가시오. 나는 비 대주가 어떤 결정을 내리더라도 결코 원망하지 않을 것이오. 약속하겠소."

그러자 비연리는 잠시 고민하는가 싶더니 곧 고개를 숙이며 대답했다.

"련주님은 십 년간 무슨 일이 있어도 관주님을 목숨 걸고 지키라고 하셨습니다. 또한 관주님의 명이라면 무엇이든 따르라 하셨습니다. 그리고 또 하나, 관주님께 어떤 변화가 생길 때마다 천상련에 보고하라 하셨습니다. 여기서 마지막 문제가 걸립니다."

"그럼 그건 비 대주가 선택하시오."

"관주님께 감히 아뢰니다."

"말씀하시오."

"허락만 해주신다면 이번의 보고를 마지막으로 결정해도 괜찮겠습니까?"

진양 역시 비연리를 곤욕스럽게 할 생각은 없었기에 고개를 끄덕이며 대답했다.

"좋소. 천상련의 대답을 듣고 나서 결정하시오. 단, 내가 말한 것을 수용하지 않는다면 다시 오지 않아도 좋소. 귀영대가 이곳에 남겠다면 앞으로 십 년간은 무조건 학립관 소속이 되어야 하오. 천상련은 머릿속에서 지워야 하오. 이 부분을 확실히 보고해야 할 것이오."

"명심하겠습니다. 다른 하실 말씀은?"

"만약 날 위해 남게 된다면, 귀영대는 정예 몇 명만이 내 호위를 맡을 것이고, 나머지 인원은 학립관을 지키는 것이 주된 임무가 될 것이오. 지금처럼 은신보다는 좀 더 드러난 조직이 될 것이오."

"알겠습니다."

"그럼 전할 말은 다 전했소. 련주님께 안부나 전해주시길 바라오."

"예, 관주님. 그럼!"

대답을 마친 비연리는 이번에도 허공으로 솟구치며 지붕 너머로 모습을 감춰 버렸다.

진양은 뒷짐을 지고 하늘을 올려다보았다.

'이것으로 우선적으로 해야 할 것들은 끝난 셈인가? 이제 남은 건 조만간 찾아올 무적관을 어떻게 대하느냐가 문제군. 여동추의 성격과 장 관주의 성격을 유추해 볼 때 그냥 넘어가진 않을 것이다. 어쩌면 철혈문을 앞세워 찾아올지도 모르지.'

진양은 가볍게 한숨을 내쉬고는 걸음을 옮겼다.

'어느 쪽이 됐든 학립관을 위협한다면 가만두지 않겠다.'

그의 두 눈에 모처럼 생기가 돌았다.

第十章

파자공(破字功)

진양은 한동안 학립관을 재정비하고 아이들에게 글을 가르치는 일에 열중했다. 그를 비롯해서 유설과 흑표, 그리고 단지겸까지 열과 성을 다하니 학립관의 분위기는 점점 고양되기 시작했다.

이따금씩 성조영도 아이들을 가르치곤 했는데, 그는 예전과 달리 아이들이 지식과 학문보다는 주로 인격을 수양하도록 유도했다.

보름 정도가 지났을 때, 천상련으로 떠났던 귀영대가 돌아왔다.

비연리는 곧장 진양을 찾아와 말했다.

"련주님께서 허락하셨습니다. 앞으로 귀영대는 십 년 동안 학립관에 소속될 것입니다."

"고맙소, 비 대주. 천상련의 분위기는 좀 어떻소? 련주님께서는 잘 지내고 계시오?"

"장례식은 무사히 끝났으며, 련주님께서도 잘 계십니다."

"창천당주도 지금쯤 정해졌겠군."

"예, 내부의 인사 문제는 모두 해결됐고, 천상무운신공을 가져간 곽연을 팔방으로 수색 중입니다만 아직 가닥이 잡히지 않은 듯합니다."

"흠. 곽연이 어디로 달아났을까? 혹시… 천의교로 투신한 것은 아닐지……."

"천상련에서도 현재 그쪽에 가장 큰 무게를 두고 있습니다. 천상련에서 기사멸조(欺師滅祖)의 대죄를 지은 곽연이니, 그곳이 아니면 살아남기 힘들 것이라 판단했을 테지요."

진양이 고개를 끄덕이고는 생각에 잠겼다.

만약 곽연이 정말 천의교에 투신했다면, 앞으로 강호에는 또 어떤 피바람이 불어닥칠지 알 수가 없었다. 천상무운신공은 천상련을 사파제일의 집단으로 만든 절세신공이다. 지금은 곽연이 보잘것없는 존재일지라도 만약 그가 그 절세신공을 익히고 나면 천의교는 또 하나의 날개를 얻는 것이나 다름없으리라.

진양은 고개를 설레설레 저었다.

'우선은 바로 앞에 놓인 문제만 생각하자.'

진양이 비연리를 보며 말을 돌렸다.

"귀영대는 앞으로 학립관의 소속이 될 것이니, 이제부터는 모든 신경을 학립관을 지키는 일에 쏟아부어야 하오."

"물론입니다."

"먼저 비 대주를 포함한 다섯 명만 내 호위를 맡아주시오. 나머지 무인들은 두 조로 나누어 학립관의 경계를 지키는 데 최선을 다해주시오."

"알겠습니다."

"조장은 비 대주가 선출하면 될 것이고, 유사시에는 모든 조를 총괄해서 움직일 수도 있을 거요."

"예, 관주님."

"그럼 이제 가봐도 좋소."

비연리는 머리를 꾸벅 숙여 보인 후 걸어갔다.

진양은 곧장 걸음을 돌려 대청 후원으로 갔다. 후원 모퉁이를 막 돌아서는데 마침 여인의 날카로운 기합성이 연이어 들려왔다.

유설이 검을 뽑아 든 채 무공을 수련하는 중이었다. 그녀가 익히는 무공은 천상련에서 가지고 온 북명패검이었다.

북명패검은 과거 북명표국을 강호 문파보다도 강하게 만들어준 전설적인 검법이다. 게다가 유설은 표국 출신이다 보니 더욱 북명패검이 마음에 와 닿았던 것이다.

유설의 몸놀림은 굉장히 가벼웠는데, 뻗어나가는 검날만큼은 섬뜩할 정도로 매섭고 예리했다.

한참 동안 검술을 펼치던 그녀가 인기척을 느끼고 몸을 돌렸다.

"아, 언제 오셨어요?"

"조금 전에 왔소. 실력이 많이 좋아졌군요."

"그래야죠. 누가 가르쳐 준 덕분인데."

유설이 빙그레 웃으며 말했다.

요즘 진양은 아이들에게 서예를 가르치고 있었지만, 동시에 유설과 흑표에게도 가르쳐 주고 있었다.

다만 이들에게는 서예라기보다는 무공이라는 말이 더욱 어울렸다.

바로 자양진경을 이용해서 무공을 익히는 법을 가르치고 있었던 것이다.

그런데 글자에 대한 이해력과 서예 감각이 타고난 진양은 자양진경을 누구보다도 빠르게 익혔지만, 유설과 흑표는 배움이 느렸다. 오히려 여자임에도 불구하고 평소 서예를 즐겼던 유설이 흑표보다도 그 진도가 빨랐다.

결국 진양은 자양진경을 좀 더 쉽게 풀이해서 유설과 흑표에게 가르치게 됐고, 두 사람의 방식에 맞춰 수련 방식을 바꾸었다.

그 결과 두 사람은 빠른 속도로 무공을 익혀가기 시작했다.

유설은 북명패검을 벌써 사성 단계까지 익혔고, 흑표는 능파검을 육성까지 익혔다.

진양은 이렇듯 글자로 참뜻을 파헤치는 수련 방식을 파자공(破字功)이라고 이름 지었다.

다시 말해 파자공은 자양신공의 필사 방식과 진양 스스로 체득한 글자에 대한 풀이 방식을 더한 것이라고 할 수 있었다.

대신 유설은 과거 진양에게 월야검법을 전수해 주었고, 흑표는 반수검에 대해 가르쳐 주었다. 그러다 보니 세 사람은 마치 한 동문의 사형제처럼 가까워졌다.

유설이 검을 챙겨 넣으며 찬탄을 아끼지 않았다.

“파자공 덕분에 수련이 정말 수월해졌어요. 어떤 절세신공이라도 막힘없이 익힐 수 있는 파자공이야말로 진정한 절세신공이라고 할 수 있을 거예요.”

“하하, 과찬이오. 그보다 낭자의 재능이 출중하기 때문이 아니겠소? 또한 낭자는 오래전부터 서예에 관심이 깊었으니 다른 사람들보다도 이해력이 빠른 것이겠지요."

진양의 말에 유설은 문득 과거에 진양과 주고받았던 서신의 내용이 떠올랐다. 그녀의 뺨에 발그레하니 달무리가 졌다.

"그, 그래도 당신이 아니었다면 이렇게 이루기 힘들었겠죠."

진양은 그저 흐뭇한 표정으로 유설을 빤히 바라볼 뿐이었다.

유설은 갑자기 끈끈한 시선을 느끼게 되자 당황스러워서 얼른 먼 산을 바라보며 말했다.

"왜, 왜 그렇게 바라보세요?"

"요즘 난… 낭자와 함께 있는 시간들이 꿈만 같소."

그러자 유설은 가슴이 쿵쿵 뛰고 숨을 쉬기도 힘들어졌다. 그녀는 아까보다도 더욱 붉게 달아오른 얼굴이 되어 모기처럼 가는 목소리로 대꾸했다.

"저도… 그래요."

그 작은 목소리는 진양에게 큰 파장을 일으키며 다가왔다.

사실 지금까지 진양과 유설은 서로의 마음을 느끼면서도 선뜻 다가설 수가 없었다. 주위의 상황이 너무나 어수선했기 때문이다.

해서 진양은 언젠가 주변이 조용해지고 생활의 안정을 찾게 되면 유설에게 진심을 고백하고 청혼을 해야겠다는 생각을 했다.

한데 막상 유설을 바라보며 말을 꺼내려고 하자, 입안은 꿀을 머금은 것처럼 달콤한데 입 밖으로 말이 흘러나오지 않았다.

그가 어렵사리 입을 열려고 하는데, 마침 건물 모퉁이를 돌아 누군가 불쑥 나타났다.

"양 형, 이해가 가지 않는 부분이 있는데 좀 봐주시겠소?"

진양과 유설이 놀라서 돌아보니 흑표가 걸어오고 있었다.

두 사람에게 가까이 다가온 흑표는 그제야 분위기가 심상치 않다는 것을 눈치채고는 헛기침을 했다.

"커험! 다, 다음에 물어보겠소. 갑자기 알 것 같기도 하고……."

그가 막 걸음을 돌리려고 하자, 유설이 얼른 말했다.

"아니에요. 전 이제 막 가려던 참이었어요."

유설이 부끄러운 마음에 고개를 푹 숙이고는 얼른 달려갔다. 진양은 그녀를 붙잡지도 못하고 어정쩡한 표정으로 서 있기만 할 뿐이었다.

흑표가 영 미안한 마음에 뒤통수를 긁적였다.

"미안하게 됐소."

"아닙니다, 형님. 모르는 부분은 어딘지요?"

"월랑삼검(月浪三劍). 바로 이 부분에서 이해가 안 되는구려."

진양이 고개를 끄덕이곤 막힘없이 대답했다.

"월랑삼검의 경우에는 필체의 분위기로 그 진의를 파악하는 것이 좋습니다. 우선 제가 보여 드리지요."

진양은 수호필을 꺼내 쥐고는 후원 바닥에 커다랗게 글씨를 새겨 나가기 시작했다. 공력을 불어넣어 바닥에 새긴 글자는 바로 '월랑삼검' 이었다.

흑표가 매료된 표정으로 그 글씨를 바라보며 천천히 고개를 끄덕였다.

"과연 달빛이 물결처럼 쏟아져 내리는 듯하구려."

진양이 빙그레 웃으며 말했다.

"이 초식은 능파검에서도 익히기 어려운 부분입니다. 특히 파자공으로 익히기에도 난해한 부분이 있는데, '월' 자와 '랑' 자, 그리고 '삼' 자 모두가 중요하기 때문이지요. 파자공으로 이 검초를 익힐 경우, 가장 중요한 것은 역시 글을 쓸 때 그 심상을 완벽하게 떠올리는 것입니다. 보다 수월하게 익히시려면 구름이 조금 있는 달밤에 펼쳐 보는 것도 좋겠군요."

흑표가 고개를 끄덕이며 답했다.

"이미 양 형의 신필을 보고 많은 깨달음을 얻은 바이오. 고맙소!"

"별말씀을요. 도움이 되었다면 저로서도 다행입니다."

흑표는 빙그레 웃더니 진양에게 다가와 속삭였다.

"양 형, 나는 여자에 대해서 잘 모르오. 하지만 검에 대해서는 조금 알고 있다고 자부하오."

"예?"

뜬금없는 말에 진양이 고개를 갸웃거리자 흑표가 속삭이듯 말했다.

"한 가지에서 도가 통하면 만 가지에서도 도가 통한다고 하지 않소? 그러니 여자든 검이든 다루는 법은 매한가지가 아니겠소?"

"도대체 무슨 말씀이신지… 소제가 불초해서 뜻을 잘 모르겠습니다."

"나는 검을 대할 때 스스로를 속이지 않소. 솔직한 마음으로 검을 대하고, 알아내고 싶거나 구하는 것이 있다면 직설적으로 표현하지. 물론 정중한 방법으로 말이오. 즉, 상대를 기만하지 않는 범위 내에서 가장 솔직한 모습으로 숨김없이 대한다면 어떠한 해답도 구할 수 있소. 그게 바로 검이지. 그리고… 여자도 마찬가지라고 생각하오."

진양은 그제야 흑표가 무슨 말을 하려는 것인지 알 수 있었다.

흑표는 진양을 보고 빙그레 웃더니 어깨를 손으로 툭 치고는 걸어갔다.

진양이 미소를 지으며 불렀다.

"흑 형님."

흑표가 슬쩍 돌아보자 진양이 포권하며 말했다.

"조언 감사합니다. 꼭 기억해 두겠습니다."

흑표는 말없이 엄지를 추켜올리고는 걸어갔다.

다시 보름이 흘렀다.

그동안 학립관은 그 어느 때보다도 활기차고 분주한 시간을 보냈다.

아이들 역시 새 관주인 진양을 점점 믿고 따르기 시작했다.

환절기 막바지로 접어든 계절은 이제 제법 쌀쌀한 바람을 불러일으켰다.

진양은 여느 때와 다름없이 지묵당 대청에서 아이들에게 서예를 가르쳤다. 그는 촘촘하게 배열되어 있는 탁자 사이를 거닐며 아이들의 글씨를 꼼꼼히 살폈다.

대청에 모인 아이들은 저마다 입술을 꼭 다물고 한 획 한 획을 정성을 다해 써나갔다.

"글을 적을 때는 글자의 참뜻을 마음으로 음미하도록 해라. 한 획 한 획이 그 뜻이 되어 살아나고, 너희의 마음이 되게 하라. 또한 서법에는 많은 묘책이 있으나, 골기는 반드시 있어야 하는 법이다. 붓을 곧추 세워 잡고 붓과 지면이 수직이 되도록 해라."

근엄한 목소리로 아이들에게 가르침을 내리는 진양의 모습은 이제 영락없는 스승의 풍모를 풍기고 있었다.

진양은 아이들의 글씨를 둘러보며 계속해서 말을 이어갔다.

"글씨를 쓸 때는 손가락, 손목, 어깨 힘을 사용하는 동시에 허리와 다리 힘을 함께 써야 한다. 지금처럼 서서 글씨를 쓴다면 온몸의 각 부분이 모두 움직여야 한다. 호흡은 깊이 가져가도록 해라. 그럼 혈액의 흐름이 빨라지고 몸의 각 기관이 이완되니 생리적으로 큰 쾌감을 얻을 것이다. 그 후 너희가 완성된 글씨를 보았을 때, 심미적인 쾌감까지 더해진다면 이는 바로 공력의 일 단계 완성이라 할 수 있다."

아이들은 진양의 말을 진리처럼 여기며 그대로 따랐다.

그런데 잠시 후, 대청 밖에서 시끄러운 소리가 들려왔다.

진양은 아이들의 필체가 자못 흐트러지는 것을 보고 엄하게 타일렀다.

"글을 쓰는 순간에는 모든 정신을 글자에만 집중해라. 너희는 계속 글을 쓰도록 해라."

그렇게 말을 남긴 진양은 지묵당 밖으로 나왔다. 그때까지도 학립관 정문에서 들려오는 소리는 시끄럽게 이어지고 있었다.

'음. 올 것이 왔구나. 여동추가 제 사부를 데리고 다시 찾아온 모양이군.'

진양은 두 눈에 힘을 주고는 성큼성큼 걸음을 옮겼다. 그가 정문으로 나가보니 아니나 다를까, 인파 속에서 여동추의 모습이 보였다.

여동추는 유설과 대화를 나누고 있었는데, 그녀를 바라보는 눈빛이 음흉하기 짝이 없었다.

그는 두려움에 떨며 달아나던 전과 달리 한껏 거드름을 피우며 말했다.

"글쎄, 성 관주는 어디 있소?"

"아직도 말을 못 알아듣는군요. 무슨 일로 왔는지 먼저 말씀하세요."

"후후후! 낭자가 여기 있는 걸 보면 그 녀석도 아직 남아 있다는 말이군?"

그때 진양이 다가오며 말했다.

“오랜만이군, 동추. 오늘은 무슨 일인가?”

여동추는 멀리서 걸어오는 진양을 보고는 저도 모르게 움찔 떨었다.

하지만 그는 곧 믿는 구석이 있는지 입가에 조소를 머금고 대답했다.

“맡겨둔 것을 돌려받으러 왔네.”

“맡겨둔 것?”

진양이 눈썹을 찌푸리고 물어보자, 여동추가 피식 웃으며 말했다.

“아이들 말일세.”

진양은 이미 예상하고 있는 바였기에 별로 놀라지 않고 가만히 여동추를 노려보았다. 그러다가 그의 곁에 선 노인을 힐끗 바라보았다. 머리카락이 하얗게 센 노인은 이마에 깊은 주름 두 가닥이 자리 잡고 있었는데, 깡마른 체구에 눈이 유달리 가늘어 외골수 같은 인상을 풍겼다. 다시 그 곁에는 노인이라고 보기에는 제법 정정한 중년인이 서 있었는데, 눈썹이 짙고 거뭇한 피부가 인상적이었다. 이들 뒤로는 대략 서른 명 정도의 무인이 살벌한 표정을 지은 채 도열해 있었다.

진양이 다시 여동추를 보며 말했다.

"그 이야기는 끝난 것으로 아는데."

"아니, 이제부터가 시작일세. 흐흐."

진양이 한숨을 내쉬며 말했다.

"여동추, 나는 동문으로서 자네가 개과천선하길 바라네. 사부님은 아직도 자네 걱정을 하고 계시네. 하지만 자네는 전혀 깨우칠 기미가 보이지 않는군."

"흥! 시끄럽다! 아이들을 돌려줄 거야, 말 거야?"

여동추가 발끈해서 소리치자, 진양이 고개를 절레절레 흔들었다.

"사부님과 내가 다른 점이 뭔 줄 아는가? 사부님은 자네의 과거를 딱하게 여기시지만, 나는 자네의 과거를 전혀 동정하지 않는다는 것일세."

그때 눈썹이 짙고 피부가 검은 중년인이 헛기침을 하더니 동추를 향해 물었다.

"추야, 이자가 바로 그자냐?"

"예, 사부님."

여동추가 깍듯하게 대답하자, 중년인이 천천히 고개를 끄덕였다.

그 바람에 진양도 그가 바로 무적관의 관주인 장도식이라는 것을 알 수 있었다.

장도식이 한 걸음 나서더니 말했다.

"거두절미하고 말하겠네. 가서 관주를 모셔오게."

그러자 유설이 발끈해서 소리쳤다.

"그가 바로 학립관의 새로운 관주예요! 하실 말씀이 있다면 지금 하시면 될 거예요."

유설의 말에 장도식은 물론 여동추까지 깜짝 놀란 표정이었다.

장도식이 이맛살을 찌푸리더니 진양을 아래위로 훑어보며 말했다.

"자네가 정말 관주… 란 말인가?"

"그렇소."

"그럼 자네 사부는?"

"여전히 학립관에 계시지만 학립관을 이끄는 전권을 내게 위임하셨소."

장도식은 한동안 놀란 표정을 지우지 못하다가 차츰 원래의 표정으로 돌아왔다. 그는 오히려 잘됐다는 듯 서슴없이 말했다.

"자네 무공이 제법 출중하다고 들었네. 하지만 힘자랑은 아무 곳에서나 하는 법이 아니지. 아이들을 다시 예정대로 보내주게. 물론 데려간 아이들은 돌려줘야겠네."

"흥! 역시나 그 사부에 그 제자로군! 똑똑히 들으시오. 학립관은 앞으로 무적관에 어떤 아이도 보내지 않을 것이오. 더 이상 날 화나게 하지 말고 돌아가 주시기 바라오."

진양이 불이라도 뿜을 듯 노려보며 말하자, 잠자코 상황을 지켜만 보던 노인이 불쑥 나섰다.

"어린것이 눈에 뵈는 것이 없나 보구나! 장 관주! 도대체 이런 애송이 하나 때문에 나까지 부른 것이오?"

그러자 장도식이 송구한 표정으로 말했다.

"저도 이럴 줄은 몰랐습니다. 죄송합니다, 구 장로님."

'구 장로' 라고 불린 노인이 코웃음을 치며 시선을 외면했다.

장도식은 여동추를 향해 힐난의 눈빛을 보냈다.

그는 여동추의 말만 듣고 진양이 상당한 무림고수라고 짐작했던 것이다.

한데 막상 와서 보니 그야말로 새파란 애송이가 아닌가?

이럴 줄 알았다면 철혈문에서 구 장로를 부를 일도 없었을 것이다.

구 장로는 더 이상 기다리기도 지루하다는 듯 허리춤에서 도를 '스릉!' 뽑아 들었다. 칼등이 완만하게 굽은 만도(彎刀)였다. 그러자 그의 뒤로 도열해 있던 삼십여 명의 무인이 일제히 도를 뽑아 들었다. 모두 구 장로와 같은 모양의 칼을 손에 들었다. 이들 모두 철혈문에서 파견되어 온 무인들이었던 것이다.

구 장로가 진양을 향해 말했다.

"아이야, 어르신의 칼을 받아보겠느냐, 순순히 머리를 숙이겠느냐?"

그때 시커먼 바람이 한줄기 분다 싶더니, 어느새 진양 곁에 다가선 비연리가 날카로운 눈빛을 빛내며 구 장로를 쏘아보았다.

구 장로는 생각지도 못한 고수의 등장에 내심 놀라며 상대를 눈여겨보았다.

비연리가 서늘한 말투로 말했다.

"언제부터 철혈문이 본 련을 기만했소?"

그 말에 구 장로는 깜짝 놀란 표정이 됐다. 심지어 그는 몸을 가늘게 떨며 진양과 비연리를 번갈아 보았다.

"당, 당신은… 설마……."

비연리는 여전히 얼음장처럼 차가운 표정으로 말했다.

"철혈문주가 천상련의 장례식에 다녀왔다면 들은 소문이 있을 터인데?"

순간 구 장로는 머릿속이 아찔해졌다. 그의 기억 저편에서 문주로부터 전해 들은 한 가지 이야기가 퍼뜩 스치고 지나갔다.

하지만 진양을 비롯한 모든 사람들은 이들이 무슨 대화를 나누는지 도통 알 수가 없었다.

저마다 고개를 갸웃거리고 이 둘의 묘한 관계를 바라보고 있는데, 갑자기 구 장로가 진양을 향해 털썩 무릎을 꿇더니 이마를 바닥에 찧기 시작했다.

"소인이 높은 분을 몰라뵀습니다! 죽여주십시오!"

갑작스런 태도 변화에 진양은 누구보다 놀라 멍한 표정을 지었다.

구 장로의 이마에서는 이제 피가 줄줄 흘러내리기 시작했다.

당황한 진양이 얼른 말했다.

"갑자기 구 장로께서는 왜 이러시는 겁니까?"

"양 공자님을 몰라본 죄! 천벌을 받아 마땅합니다! 부디 소인을 용서하십시오!"

"용서하고 말고가 어디 있겠습니까? 아직 장로님과 저는 아무것도 하지 않았잖습니까? 어서 일어나시지요."

"양 공자님의 너른 아량에 감개무량할 따름입니다!"

구 장로는 벌떡 일어나 포권하며 허리까지 꾸벅 숙였다. 진양은 마음속으로 상대와 싸울 준비를 하다가 뜻하지 않게 이런 대우를 받게 되니 얼떨결에 맞절을 하며 반례했다.

일이 이상하게 돌아가자 황당해진 여동추가 눈살을 구기며 말했다.

"구 장로님, 도대체 지금 뭐하시는 겁니까? 이놈이 바로 철혈문으로 보낼 아이들을 데려간…….”

순간 구 장로의 몸이 번뜩이는가 싶더니, 어느새 여동추의 뺨을 거세게 올려붙였다.

짜악!

공력을 실어 후려쳤는지 또 졸지에 뺨을 얻어맞은 여동추는 눈물이 핑 돌 지경이었다. 그가 어이없다는 표정으로 벌겋게 부어오른 뺨을 어루만지는데, 구 장로가 노발대발하며 소리쳤다.

“닥쳐라! 이 못난 것! 감히 양 공자님 앞에서 그딴 망발을 지껄인단 말이냐? 네놈도 어서 절을 올리고 사죄를 드려라!”

“뭐, 뭐라고요?”

여동추가 뜨악한 표정으로 되물었지만, 구 장로는 눈 하나 깜짝하지 않았다.

참다못한 장도식이 나서서 소리쳤다.

“구 장로! 도대체 이게 무슨 짓이오? 동추에게 손찌검을 하다니! 장로께서는 이 장 아무개를 능멸하는 것이오?”

“능멸이든 뭐든 장 관주도 어서 양 공자께 사죄드리시오!”

“뭐, 뭐요?”

이제 장도식과 여동추는 도대체 무슨 일이 벌어지고 있는지 정신을 차릴 수가 없었다.

그건 진양과 유설도 마찬가지였다.

그들은 갑자기 태도가 돌변한 구 장로를 보면서 그저 얼빠진 표정으로 멍하니 서 있을 뿐이었다.

『신필천하』 5권에 계속…

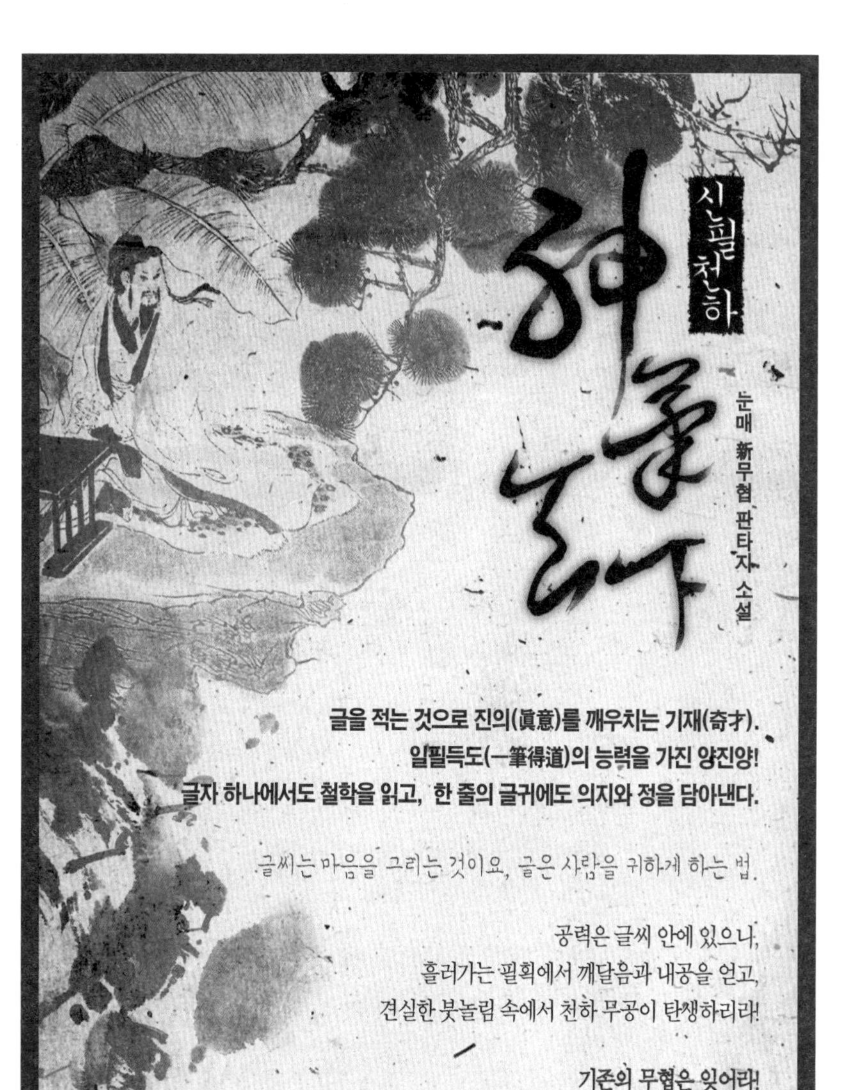

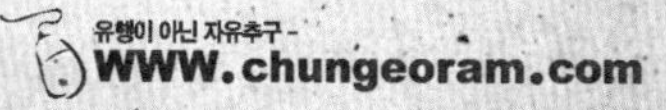